KB044680

스파시바, 시베리아

스파시바, 시베리아

2014년 8월 10일 초판 1쇄 펴냄
2017년 4월 10일 초판 2쇄 펴냄

펴낸곳 (주)도서출판 **삼인**

글 · 사진 이지상
펴낸이 신길순

등록 1996.9.16 제 25100-2012-000046호
주소 03716 서울시 서대문구 연희로 5길 82 (연희동, 2층)
전화 (02) 322-1845
팩스 (02) 322-1846
전자우편 saminbooks@naver.com

제판 문형사
인쇄 수이북스
제책 은정제책

ISBN 978-89-6436-084-2 03810

값 15,000원

스파시바, 시베리아

이지상 지음

삼인

시베리아를 그리며 이 글을 쓴다

새벽 두 시.
이전투구. 돈 놓고 돈 먹기의 야바위 세상이 효율과 경쟁이라는 그럴싸한 말로 포장되어 가로등 불빛도 사라진 골목처럼 어둠 짙게 깔려 있는 시간. 무엇을 위한 효율인지 누구와의 경쟁인지도 살펴볼 틈새 없이 날 밝으면 다시 고단한 일터로 나가야 하는 누군가의 단잠을 기억하며 이 글을 쓴다.

일상. 나의 눈으로 보고 내 머리로 생각하며 내 가슴으로 느끼고 내 발로 걷는 일종의 습관. 따로 연습하거나 반성할 필요도 없이 너무도 익숙해서 눈 감고도 해낼 수 있는 단조로운 실천. 일탈日脫이라는 말도 있다. 누구나 한 번쯤은 꿈꿔보고 싶은, 그러나 막상 일탈의 문에 발 디딜라 치면 불안하고 불결하고 금기사항이 많은 듯한 단어. 단지 일상으로부터의 벗어남일 뿐인데…….
타인의 눈으로 보고 타인의 시고로 생각하고 타인의 가슴을 내 가슴에 이식시키거나 타인의 발걸음을 내 발로 옮겨 보는 일. 그것이 일탈이라면 모든 일탈은 성찰에 가깝다.

동백꽃이 빠알갛게 "물"이 들지 않고 "멍"이 들었다는 단 한 가지 이유만으로도 〈동백 아가씨〉는 훌륭한 노래가 된다. 그것이 일탈이다

요즘은 "시키는 일만 하면 개도 미친다"라는 말이 가슴에 콕 박힌다. 집에 들어가면 간단한 안부를 묻고 TV를 켰다가 불 끄기 전엔 내일의 일정을 살핀다. 눈 뜨면 자기 전에 생각해두었던 일정대로 몸을 움직이며, 정해진 매뉴얼도 없는데 이미 정해진 결과를 향해 코를 킁킁거리는 파블로프의 개가 되어 있는 나를 발견한다.

누가 시킨 일도 아닌데 참 열심히 한다고 여기다가 혹 누가 시켰는지를 나만 모르는 게 아닐까 하는 불안감이 꽤 깊어질 때쯤 '그래, 이만하면 나도 미칠 때도 됐다' 싶다.

새벽 세 시.

이 원고에 마침표를 찍으면 미리 쌓아둔 짐을 들고 나는 시베리아로 간다. 여름 시베리아의 추억은 생각만 해도 미소가 번지는 내 삶의 활력소였다. 이번엔 겨울 시베리아다. 두근거리는 가슴은 어쩔 수가 없다.

이미 몇 권의 책과 몇 차례의 횡단열차 경험을 토대로 이번 여행에서 깊이 간직해두어야 할 내용들은 챙겨두었다. '시베리아의 파리 이르쿠

츠크'에서는 고려공산당 이르쿠츠크파의 행적을 돌아볼 셈이다. 영하 30도가 넘는 도심의 외곽에서 눈보라 견디며 아직도 혁명을 외치는 레닌 동상을 끼고 돌면 레닌가 23번지가 나온다. 그즈음 어딘가에 있을 고려공산당 이르쿠츠크파의 거두 김철훈, 오하묵, 최고려, 이성의 이름을 부르며 술 한잔 올리고 싶다.

날이 어두워지면 겨울에만 볼 수 있다는 러시아 예술의 진수를 이르쿠츠크 대극장에서 감상할 생각이다. 백야의 여름철엔 전 세계로 나가 외화를 벌고 본토에서는 오직 겨울에만 공연한다는 이름 높은 러시아 예술가들. 볼쇼이발레단 합창단, 상트 페테르부르크오케스트라, 붉은 군대 합창단. 그 어떤 공연이라도 좋다. 그들의 바람과 그들의 토양과 그들의 음식이 있는 그들의 고향에서 오직 그들에게 보여주는 최선을 다한 공연을 낯선 이방의 눈으로 바라볼 수 있다면…….

3박 4일에 걸친 횡단열차 안에서는 함께 여행하는 길동무들의 얘기를 들을 것이다. 작은 기타 하나 들고 가서 뽕짝도 좋고 소녀시대도 좋고 도반들이 부르는 노래에 반주를 곁들이며 노을 지는 광활한 지평선 너머 또 다른 지평선을 향해 보드카 한잔 들고 건배를 외칠 것이다. 하바로프스크 아무르 강변의 전설 김알렉산드라의 결기結氣는 여전한지도 물어야겠다. 한인 최초의 볼셰비키, 일생을 민중을 위해 살다 간 조선 처녀 김알렉산드라에게 지쳐 있는 한반도를 고백하고 '당신이라면 어쩌겠소.' 그녀가 들려주는 조언을 깊이 새겨야겠다.

바이칼 호수. 세계 최대의 담수호. 남한 면적의 3분의 1을 차지하는 거대한 호수에 발 디딜 생각을 하면 벌써 마음이 설렌다. 어느 해 여름 나는 하루 온종일 바이칼 해변을 들락거리며 빈둥댄 적이 있다. 영상 30도를 웃도는 더운 날씨와는 전혀 다르게 수온 8도를 유지하는 차가운 바이칼 호수에 몸을 담그면 온몸이 오그라들었다. '아! 춥다.' 이 생각 외에 다른 생각은 전혀 못했다.

다시 해변으로 나오면 그제야 보인다. 청명한 하늘과 구름, 호수의 푸른 빛깔, 따끔따끔하게 내리쬐는 햇살, 그 햇살을 온몸으로 받아들이는 반라半裸의 사람들. 보이는 것이 모두 번뇌라면 차라리 눈감고 호수에 들어가 추위라는 하나의 고통과 씨름하는 게 더 큰 수양이 아니었을까 싶다. 세계 민물의 20퍼센트를 저장하고도 그곳에 사는 사람들은 물을 함부로 쓰지 않는다. 아침녘에 미리 받아놓은 물을 작은 통에 넣고, 찔끔거리는 수도꼭지를 통해 나오는 물로 밥도 하고 세수도 한다. 바이칼이 없으면 삶도 없다는 가장 순결한 지혜를 그들은 몸으로 산다.

겨울 바이칼. 에메랄드빛 물결을 바위보다 더 단단한 얼음으로 바꾸어 놓은 시베리아의 광풍에 뜨거운 입김이 눈썹의 서리로 내려앉으면 언 손 비비며 기타를 꺼내어 낮은 목소리로 노래 한 곡쯤 부를 테다. 노래 부르다 눈사람이 되어도 좋다.

새벽 네 시.

이제 길을 나서야 한다. 함께 길을 나서는 도반들에게 부탁드릴 말씀도 준비해야겠다.
"우리는 행복하기 위해서 태어났습니다. 또한 행복하기 위한 길에서 만났습니다. 그러니 마치 행복해지는 방법이 무엇인지를 아는 사람들인 것처럼 웃고 격려하고 얘기합시다. 그러다 어느 순간 눈 덮인 시베리아 벌판을 바라보며 울컥 솟아나는 눈물이 있다면 그때 조용히 누구라도 사랑한다 말할 수 있는 사람을 떠올립시다."

차 례.

제2부

그리울 때 떠나라, 배낭 하나 메고

시베리아 횡단열차 9288킬로미터

제3부

다시 걸을 수 있다면 잠시 쉬어도 좋아

블라디에서 모스크바까지

092
4156
5
←5
7→
3

제1부

왜 그리운 것들은 발자국 뒤편을 서성거리는지

이르쿠츠크, 바이칼

"너의 삶은 괜찮다. 괜찮은 것이다."

· 시베리아의 중력 이르쿠츠크 ·

간밤에 잠을 설쳤다. 여행을 앞둔 설렘이라기보다는 내 생활 방식이 그렇다. 새벽이 주는 고요함과 고독감, 또 새로운 날의 햇살을 뜬눈으로 확인해야 한다는 일종의 강박관념 때문에 나는 늘 여명이 돋아오는 시간쯤 잠을 청했다. 왜 여행이라는 종자는 아침 일찍부터 부산을 떨어 잠 한숨 못 자게 해놓고는 비몽사몽간의 공간 이동을 종용하는가.

오후 서너 시쯤 출발. 공항 집결 시간은 오후 두 시. 이런 일정은 얼마나 아름다운가. 늦은 듯한 아침식사와 차 한 잔. 그리고 가족과의 따뜻한 작별인사. 고작해야 열흘쯤 되는 일정이라도 그 정도의 여유는 허락되어야 한다고 늘 우기지만 난 단 한번도 그 시간에 비행기를 타본 적이 없다. 비행기의 출발 시간은 정확히 알지 못한다. 다만 새벽 6시에는 무조건 택시를 타야 한다는 말만 주문처럼 외웠었다. 아마도 비행기가 이르쿠츠크에 도착하고 본격적인 일정이 시작되면 지금보다 훨씬 더 피곤할 것이다.

다들 그렇게 산다. 이번 일만 잘 치르면, 이 고비만 넘기면 더 나은 삶이 기다리고 있을 거라는 믿음은 언제나 나를 배신했다. 기회의 신 '카이로스'라는 이가 수북한 앞머리를 흩날리며 내 앞을 지나갔을 때 나의 시선은 늘 다른 곳을 향해 있었고, 그이의 존재를 확인했을 땐 박박 밀어버린 그이의 뒷머리채를 낚아챌 수도 허리춤을 움켜쥘 수도 없었다. 그이의 발에는 날개가 달려 있어서 나의 흐린 눈으로는 그이의 뒷모습을 바라보는 일조차 버거웠을 때가 더 많았다.

"영과후진盈科後進, 孟子"이란 말을 믿고 살았다. "물은 웅덩이를 비껴가지 않는다"라는 이 말을 누군가 말해주었을 때 나는 한 발짝을 더 나아가기 위해 눈앞의 물웅덩이를 메꾸는 데 진력을 다했다. 이만하면 됐다 싶었을 즈음엔 물웅덩이가 점점 더 커졌거나 몇 개의 웅덩이가 더 생겼다. 애당초 우회로는 없었다. 그러니 질퍽거리며 물웅덩이와 씨름하는 것이 나의 삶이었다. 고단한 나날이었으나 즐거움도 그 안에서 찾았다. "적당한 갈망, 지나친 낙관"이란 나만의 표어가 삶을 지탱해주었다.

바이칼 호수로 시작해 시베리아 횡단열차를 타고 블라디보스토크로 가는 이번 여행은 나의 낙관을 지지해줄 것이다. 내가 상상했던 세계에 견줄 수 없는 거대함으로 나의 갈망을 다독거려줄 것이다.

"한 걸음 더 나아가지 않아도 좋다. 그저 바이칼의 언덕 위에서 너의 모든 짐을 던져보아라. 호수에 작은 파문이라도 새겨진다면 그것으로 너의 삶은 괜찮다. 괜찮은 것이다."

나는 이 말을 들으러 겨울비 추적거리는 1월에 이르쿠츠크 행 비행기에 몸을 싣는다.

내려다본다. 나는 늘 올려다보는 일에만 익숙했다.

덥다. 한국을 떠나오는 시간엔 포근하게 겨울비가 내렸고 비행기 안의 온도도 시베리아의 악명 높은 추위와는 너무 거리가 멀다. 남극을 제외하곤 안 가본 나라가 없는 다큐멘터리 사진가 C의 조언을 들었다. 지구상의 아무리 혹독한 추위라도 보드복 하나 입으면 충분하단다. 그래서 떠나기 전날 보드복을 샀다.

그게 사단이었다. 공항에서 대기하는 시간까지는 견딜 만했다. 그러나 서해 해상과 북경 상공을 지나 내몽고 자치주 내 홍안령을 넘으며 움직일 데도 없는 비행기 안에 4시간 여를 갇혀 있으려니 발가락 끝까지 땀이 차는 느낌이다. 옷을 갈아입을 곳도 마땅치 않다. 한잠도 못 자고 출발했는데도 당최 잠이 오지 않는다. 잠을 못 자는 이유는 또 있다. 몸이 허공에 떠 있기 때문이다. 두 발을 땅에 딛고 걷는다는 것, 등짝을 바닥에 붙이고 눕는다는 것이 인간에게 얼마나 자연스러운 일인지를 비행을 하면서야 안다. 몸 아래로 솜이불처럼 깔린 구름을 구경하는 거야

신나는 일이지만 난기류를 만날 때마다 철렁대는 심장은 지상地上의 그 어떤 경련보다도 무서운 일이다. 하늘만큼 가장 가까운 위치에서 저무는 날의 태양을 감상할 수 있다면 그보다 큰 행운은 없겠으나 만에 하나 있을지 모를 비행 사고를 떠올리는 순간 흔적 없이 사라질 내 모든 것을 생각하면 비행기 안에서 안대를 두르고 태평하게 코를 고는 사람들은 내겐 경외 그 자체이다.
사실 높은 곳은 다 위태롭다. 보기만 해도 까마득히 솟아 있는 대형교회의 십자가도, 어둠의 군주 사우론의 성城을 닮은 주상복합 아파트 꼭대기도, 나도 좀 살려달라고 하루에도 몇 명씩이나 오르려 한다는 한강대교의 아치도 모두 위태롭다. 어떤 이들은 자신들만의 호화로운 삶을 위해 높은 곳으로 가고 어떤 이들은 가난한 삶의 종지부를 찍기 위해, 아니면 더 이상 추락하지 않기 위해 높은 곳으로 간다. 비행을 하는 시간만큼은 가장 위태로운 곳에 있는 나는 신이 있다면 하늘에는 계시지 않았으면 좋겠다는 생각을 한다. 도대체 인간들이란 자기가 믿는 신을 가장 위태로운 하늘 꼭대기에 매달아놓고 신의 대리인을 자처하며 같은 종족들을 얼마나 많이 착취해왔는가 말이다.
나는 다시 신이 있다면 지구의 가장 중심부에서 더 낮은 곳을 향해 진지하게 기도하는 그 무엇이어야 한다고 생각한다. 지구상의 모든 생명체는 중력에 의해 삶을 보장받고 중력은 모든 만물을 존재하게 하는 힘이기 때문이다. 중력의 중심부에서 신의 존재를 확인해야 한다는 생각을 할 즈음 비행기의 고도가 점점 낮아진다. 비행기 창에 끼인 서리가 시베리아의 추위를 짐작케 한다. 눈 덮인 도시 한가운데를 관통하는 강물 위로 짙은 안개가 띠를 두르고 굉음을 내며 바퀴를 드러낸 비행기가 그 위를 스쳐 흔들리며 착륙한다.
드디어 도착했다. 시베리아의 중력 이르쿠츠크.

하늘빛은 공항 청사에도 물들었다.

눈 녹은 물에 나는 지친 내장을 꺼내 씻으려 한다

- 겨울 앙가라 강변 -

영하 37도. 공항 로비에 있는, 현재 이르쿠츠크의 기온을 알리는 전광판의 숫자다. 길게 줄을 지어 공항 검색대를 통과할 때까지만 해도 전혀 의식하지 못했는데 단순히 숫자 하나가 이곳이 시베리아의 한복판임을 일깨워준다.

떠나오기 전 사람들이 내게 물었다. "시베리아, 거기 춥지 않아요?" "당연히 춥지요. 아니, 춥겠지요." 거기까지가 내 대답이었다. 미리 현지의 추위가 영하 40도쯤은 된다는 걸 알고는 있었지만 그 추위가 내게 어떤 의미인지는 전혀 감지하지 못했다.

추위에 대한 경험이 아예 없는 것은 아니다. 어릴 적 부엌 문 옆에 매달아놓은 막대온도계는 항상 영하 20도였다. 아궁이 위에 얹어놓은 무쇠

솥의 끓는 물로 고양이세수를 하고 손바닥이 쩍쩍 달라붙는 문고리를 잡을 때에도, 문풍지 웅웅 우는 겨울밤 술 취한 아버지를 마중 나가 몇 발짝 앞에서 자전거를 끌고 오는 날에도 영하 20도를 가리키는 온도계의 수치는 변하지 않았다.

군대에서도 그랬다. 새벽 6시 "기상" 소리가 들리기 전에 이미 전투화를 신고 있어야 했던 신병시절의 점호시간, 내무반 앞에 달린 온도계도 언제나 영하 20도였다. 입김을 안개처럼 뿜어대며 웃통 벗고 구보할 때 성질 고약한 일직사관은 군가 소리가 작다고 빠알갛게 언 등짝을 지휘봉으로 찰싹 찰싹 때렸다. 심장까지 후려치는 것 같은 싸늘한 통증의 온도가 영하 20도였다. 그 당시에 쓰던 알코올 온도계의 눈금에는 그보다 추운 날을 측정하는 숫자가 없었다.

사람들은 자신의 곤혹스런 상황을 표현할 때 곧잘 시베리아에 비유하곤 한다. 선거에 떨어진 어느 정치인이 그랬다. 시험 결과가 신통치 않은 수험생도 그랬고 벌이가 시원치 않은 직장인도, 손님 없어 한가한 가게 주인도. 하여튼 세상사가 녹록치 않다는 걸 몸으로 증명해온 사람들은 다 그랬다. "요즘 좀 어때?" "추워. 추워. 시베리아 한복판 같어."

이유야 어떻든 나는 내가 체험했던 가장 극한의 온도인 영하 20도의 두 배나 되는 혹한의 땅, 모든 사람들이 고통의 유형지로 정리해버린 시베리아에 와 있는 것이다.

공항 대합실을 나와 처음으로 뉴스에서만 듣던 시베리아 고기압의 냉기류를 맞는다. 한여름 뙤약볕에서 땀 뻘뻘 흘리며 놀던 아이가 구멍가게에 뛰어 들어가 아이스크림 냉동고에 얼굴을 갖다 대는 느낌이라면 적절할까. 차를 기다리는 잠깐의 시간에도 두 볼은 얼음팩을 비비고 몇 분쯤은 있었던 것처럼 얼얼하고, 코끝은 살짝 마비되어 불어오는 한기를 걸러내는 기능을 잃고 두툼한 장갑 낀 손으로 갖다 대기만 해도 금

상쾌하다. 추워서 더 아름다운 풍경들.

세 금이 갈 것 같다. 빈속에 소주 한잔을 들이켠 것 같은 짜릿함이 폐부 속 깊이 전해 온다. 보드카를 들이켜는 상상도 하기 전에 이미 나는 시베리아의 한랭전선에 취해간다.

상쾌하다. 비교적 온화한 기온을 가진 나라의 따뜻한 바람을 맞으며 살았던 나는, 그런 내 몸을 숙주로 하여 수십 년 간 기생해왔던 삶의 잡상들, 온갖 불필요한 것들과 언제나 싸워왔다. 여과되지 않은 찬 공기를 한 번씩 호흡할 때마다 혈관의 구석구석을 흔들어 켜켜이 쌓여 있는 독소들을 치유하는 느낌. 나는 두 팔을 벌려 한가하기 이를 데 없는 이르쿠츠크의 공기를 들이마시며 나를 청소한다. 336개의 지천을 받아들여 북극으로 향하는 바이칼 호수의 유일한 출구 앙가라 강변에 서면 이 상

건너간다. 언 몸 녹이러 집으로 가는 길.

쾌함은 배가 된다. 시내와는 비교할 수 없이 옹골차게 부는 바람은 강 언덕 위에 쌓인 눈발을 흔들고 휘저으며 폭풍처럼 내 얼굴을 때리고, 발끝까지 시베리아에 마취당한 몸은 때아닌 눈보라의 볼모가 되어 물안개 자욱한 작은 마을로 발걸음을 옮긴다.

'뽀드득 뽀드득.' 눈 밟는 소리가 경쾌하다. 시베리아의 날씨는 무척 건조한 편이다. 습기가 거의 없으니 지난 9월쯤 내렸을 첫눈이 아직도 쌓여 있고 그 수많은 눈 알갱이들은 각자 독립된 개체가 되어 강바람에 날린다. 눈송이를 굴려 눈사람을 만들려고 해도 전혀 뭉쳐지지 않는다. 한 움큼의 눈을 두 손으로 떠서 공중에 흩뿌리다가 얼굴에 비비며 나의 흐릿한 시야를 씻어낸다.

눈 녹은 물에 나는 지친 내장을 꺼내
씻으려 한다

흐린 눈빛으로는 그 어떤 시선과도 마주하지 말 것
받을 수 없는 가슴이라면 그 어떤 포옹도 하지 말 것
그러나
그리움은 외로움으로 인한 아린 병이라고

단 하나의 사랑과 악수하기 위한
두 손의 온기는 남겨놓을 것

언제든지 깨어 있어야 한다고 생각했다. '나를 필요로 하는 곳이라면 어디든 가야한다' 여겼던 20대의 다짐은 그렇게라도 나를 강제해야만 지켜질 수 있다고 믿었다. 해가 바뀌고 새로운 날들이 오면 사람들은 내게 앞으로의 계획이나 목표는 무엇인가를 물었으며 나는 거기에 적절한 대답을 하지 않았다. 나는 오히려 반문했다. "눈앞에 닥친 수백 가지의 일들에 대한 관심을 두는 것만으로도 일과가 벅찬데 왜 사람들은 목표라는 것을 설정해서 스스로를 혹사시키려고 하는가?" 불러주는 곳에서 노래했고 들어주는 곳에서 강연을 했다. 내가 지쳤다고 생각될 즈음엔 음반을 내고 책을 썼다.
'있을 것은 있고 없을 것은 없는 세상'이, 사람이 사는 가장 좋은 세상이라고 누군가 말했을 때 나도 그 말에 전적으로 공감했다. 있을 것이 없으면 새로 만들면 되고 없을 것이 있으면 합심해서 없애버리면 그만이라고 생각했다. 그렇게 섣부른 20대의 다짐 이후에 20여 년을 더 살았다. 그러나 나의 의지와는 별개로 있을 것은 점점 더 귀해지고 없어야 할 것들은 차고 넘치는 세상이 되고 말았다.
한바탕의 폭풍 같은 바람이 지나간 후 앙가라 강엔 더욱 짙은 물안개가 피어올랐다. 영하 40도의 혹한에도 강물은 얼지 않았다. 이깟 추위로 얼어버릴 강물이라면 감히 바이칼의 후손일 수 있겠느냐는 앙가라 강의 속삭임이 들리는 듯하다. 북극해로 떠나는 머나먼 길, 여기서 얼어붙을 수는 없다는 강물의 자존심이, 추위에 움츠린 어깨를 두드린다. 저녁 햇살을 받으며 춤추듯 넘실거리는 저 차디찬 강물에 나는 이제 별 성과 없이 지쳐버리기만 한 나의 내장을 하나하나씩 꺼내어 씻으려 한다.

바냐의 추억과 자작나무를 흔드는 햇살

- 앙가라 강변의 바냐 -

마치 버들강아지 하늘거리는 봄날 강변의 아지랑이 피우는 바람을 맞는 느낌이랄까. 아니면 덜 익은 은행잎 흔들어 낙엽으로 만드는 갈바람을 맞는 느낌이랄까. 나는 지금 화사하게 내리쬐는 오후의 햇살에 내 몸을 맡기고 있다. 수은주는 영하 32도. 너비가 500미터나 되는 앙가라 강의 한복판이니 강바람 불어 눈보라라도 휘돌면 체감온도는 금세 영하 50도를 훌쩍 넘을 터이다. 그런데도 봄가을로 맞는 고향의 바람을 느끼고 있으니 참 신기한 일이다.

우리나라에 한증막이 있는 것처럼 러시아에는 바냐vanya가 있다. 페치카에 둥근 돌을 쌓아놓고 불을 한껏 지펴 뜨겁게 달군 후 거기에 물을 한 바가지씩 부으면 수증기가 올라온다. 한국식으로 치면 대중목욕탕의 습식 사우나쯤 되는데 여남은 명의 일행이 들어가면 꽉 차는 공간에 이것저것 가릴 것 없는 알몸이 된 사내들이 낄낄대기에는 딱 들어맞는 크기이다.

방 안의 온도가 떨어져 맹숭맹숭해질 때 다시 물 한 바가지를 부으면 온몸이 따끔거릴 정도의 후끈한 열기가 방 안을 채우고 거기에 못 견디는 사람들은 "엇 뜨거"를 반복하며 밖으로 뛰어 나간다. 일정한 온도를 유지해서 땀을 빼는 한국식 사우나와는 달리 온과 열의 구분이 확실하니 순간적으로 100도시에 가까운 수증기를 받은 몸은 모든 출구를 열어놓고 땀을 배출해낸다.

바냐를 하는 데 있어 빼놓을 수 없는 묘미가 또 있는데 자작나무 가지로 엮은 회초리 뭉치이다. 방 안의 열기가 조금 누그러들면 자작나무 가지로 옆 사람의 등짝을 두드려 준다. 찰싹거리는 소리에 맞춰 아프다고 엄살떠는 어른들의 익살도 재미있지만 열기에 한껏 부풀어 오른 피부를 자극하는 신선한 통증은 무뎌졌던 신체 각 기관의 존재를 확인할 만큼 섬세하게 각인되어 짜릿한 탄성을 뱉어내게 한다. 거기다가 자작나무는 러시아에서는 다복의 상징. 맞는 만큼 복이 들어온다고 하니 등짝이 새빨개져도 누구 하나 불평하는 사람은 없다.

땀을 한 바가지 흘리고 더 이상 열기를 견디기 어려울 때면 나도 "엇 뜨거" 외치며 밖으로 뛰어나오는데 실내온도 70도 바깥온도 영하 30도, 100도에 가까운 온도 차이를 한순간에 받아내자니 온몸이 사시나무 떨리는 듯하다. 달랑 수건 하나로 아랫도리만 가리고 앙가라 강 한가운데 방금 뚫어놓은 물웅덩이를 향해 뛴다. 당연히 눈길에 맨발이다. 잠시의 망설임도 없이 "풍덩". 바냐의 극열도 참기 어렵지만 얼음 둥둥 떠 있는 물웅덩이의 극한은 더 참기 어렵다. 겨울 한복판 앙가라 강물에 머리끝까지 몸뚱이를 밀어 넣으면 이주 잠깐의 공포 그리고 무상념無想念, 언감

몇 개는 하늘을 향하고 더 많은 가지는 지상에 내려앉고
대지 앞에 겸손한 전나무 숲.

스파시바
시베리아

생심 내가 우주가 되고 만물이 되고 우주와 만물이 내가 되는 경지가 아니라 그저 아무런 기억조차 나지 않는 찰나를 경험하게 된다.
바냐의 직원인 러시아 청년의 손을 잡고 물 밖으로 나오면 놀랍다. 단지 7초 혹은 8초 정도 되는 짧은 시간인데도 입수 전의 오한은 간데없고 영하 50도를 넘나드는 체감온도는 상쾌한 훈풍으로 바뀌어 있다. 차가웠던 오후의 햇살마저 싱그러운 봄볕이고 설원을 휘도는 눈보라는 뒷동산의 아지랑이처럼 정겹다. 혹시 그새 기온이 바뀌었나 싶어 머리카락을 더듬어 보니 몇 개의 덩어리로 뭉쳐 꽁꽁 언 고드름만 잡힌다. 내 보잘것없는 몸도 시베리아의 극한을 포근한 갈바람으로 받을 수 있다는 게 너무 신기하다. 그렇게 두세 번씩 냉과 온의 세계를 넘나들다 보면 그토록 씻고 싶었던 내장內臟의 찌꺼기 몇 개쯤은 눈 녹은 앙가라 강물에 흘려보냈음을 느낄 수 있다.
그 순간 떠오르는 글귀 하나. "희망이란 부수면 무너지는 벽이 아니다. 꺾으면 부러지는 나뭇가지가 아니다. 희망이란 가슴속에 품은 날선 칼 같은 것. 물리적 고통의 크기에 정확히 비례하는 것."
참, 시베리아에서는 한데 오줌을 누면 금세 고추에 고드름이 잡힌다는 항간의 얘기가 있는데 그건 그냥 우스갯소리일 뿐이다. 내가 해봤다.
숙소로 주로 사용한 욜로치카는 이르쿠츠크 시내에서 약 30분 떨어진 앙가라 강변에 있다. 전나무와 자작나무 숲이 적절히 어우러진 전형적인 시베리아 삼림의 한가운데 100퍼센트 통나무로 지어놓아 자연을 누리기에는 최적의 조건이다. 한여름엔 앙가라 강에서 피는 물안개에 자작나무의 이파리가 흠뻑 젖고 그 사이로 아침 햇살이 비치면 순백의 숲길을 따라 산책하는 순간은 여기가 천국의 입구쯤 될 거라고 여길 만하다. 시베리아라는 말에 어울리지 않게 영상 30도를 넘나드는 한 여름의 땡볕에도 전나무는 주눅 들지 않는다. 튼튼한 가지를 뻗어 하늘에 닿을 만큼 높이 솟구쳐 있다. 욜로치카 주변의 앙가라 강 어디에도 콘크리트 제방은 없다. 인공적인 흔적이라곤 배를 대놓기 위해 만든 선착장이 전부이다. 콘크리트는 인간이 자연을 지배하기 위해 만들어 낸 오만의 산물이다. 인간계와 자연계를 구분하는 일종의 경계인 셈인데 더 엄밀히 말하자면 자연의 일부인 모든 생명이 누렸던 혜택을 자본의 상징인 콘크리트 경계를 완성함으로써 비용을 지불하는 특정인 몇몇의 전유물로 만들어버린다는 말이다.

앙가라 강의 아침 산책길에 물살을 가로지르는 수달 부부를 만났다. 반짝이는 햇살을 받으며 몇몇의 낚시꾼이 조사[illegible]의 기다림을 즐기고 있고 이른 시간인데도 아이들은 물장구칠 준비를 하고 있다. 서울의 젖줄이라는 한강을 생각한다. 누군가 더위를 피해 강물에 몸을 던지면 가장 먼저 쫓아오는 사람은 수상경찰 아닌가. 더 이상 사람의 것이 아닌 강, 통제 받는 강, 콘크리트 제방을 견고하게 둘러놓아 자본의 영역임을 명시하고 있는 또 다른 수많은 한강들. 생각이 여기까지 미치는 그때 누가 어깨를 툭 친다. "이 형, 보드카에 해장은 뭘로 해야 하나. 어쨌든 해장하러 갑시다."

천국의 입구, 여름 앙가라 강.

바이칼의 별빛 따라 나의 노래도 지고

· 바이칼 가는 길, 알혼의 언덕 ·

그 언덕 위에 큰 대자로 멋들어지게 드러누운 건 행운이었다. 바이칼 호수의 언덕, 그것도 바이칼 호수에서 가장 큰 섬인 알혼의 언덕. 거기다가 칭기즈칸의 무덤이 있다는 전설의 불칸 바위가 한눈에 내려다보이는 샤먼의 본향. 어머님의 고요한 미소 같은 품 넓은 그 언덕에서 통음의 경지를 이미 한참 지난 나의 체력이 바닥을 드러낸 것이다. 시간은 새벽, 불빛이라고는 언덕 밑 후지르 마을의 숙소쯤에서 간간이 비추는 백열등과 맞은편에 앉은 술친구들이 가끔씩 피워대는 담뱃불 빛, 그리고 나머지는 별빛이다.

거기서 우리는 희미하게 반사되는 술잔의 입구를 찾아 서로의 잔에 보드카를 따랐고 "위하여" 혹은 "원샷"을 외치며 술잔을 비웠고 노래를 불렀다. “어둡고 괴로워라. 밤이 깊더니 삼천리 이 강산에 먼동이 튼다”(〈해방가〉)를 부르던 H 총장은 그보다 한참 후배인 Y 간사에게 “무슨 구질구질한 노래를 여기까지 와서 부르느냐”는 타박을 받았는데 Y 간사가 이어서 부른 노래는 “내가 떠나보낸 것도 아닌데 내가 떠나 온 것도 아닌데. 점점 더 잊혀져간다. 매일 이별하며 살고 있구나”(〈서른 즈음에〉)였다. 구질구질하기는 마찬가지였고 모두들 외로웠다.

시민단체의 상근자로 잔뼈가 굵은 H 총장은 새로운 사업을 구상하며 그 일의 효율성에 대한 고민을 토로했는데 거기에 비해 이제 갓 시민단체 활동을 하는 Y 간사는 스스로가 지니고 있는 공동체에 대한 애정이 고스란히 회원들에게 전달되지 않는 아쉬움을 얘기했다. 승진을 앞둔 금융권의 다크호스 H 부장은 또 다른 삶을 꿈꾸며 과감하게 사표를 던졌고 토벌대에 부모 형제를 다 잃고 평생을 빨갱이의 자식으로 살아온 C 회장은 “그래도 살아. 네가 원해서 태어났나? 그런 사람 하나도 없다. 살려져 있으면 다 산다. 그러니 그냥 살아”라는 말로 술친구들을 다 독였다. 참 부지런한 삶들이었다. 어느 것 하나 내가 소외되면 영원히

바이칼 가는 길

사라질 것 같은 불안감 속에서 치열한 생활의 전투를 치러온 사람들이었다. 알혼 섬의 언덕 위에서 우리는 술의 기운을 빌려 별빛 물든 호수 위에 그렇게 각자의 이름을 새기고 있었다.

이르쿠츠크에서 알혼 섬으로 가는 길은 녹록치 않다. 이름이 "바이칼스카야"라고 하던가. 후르시초프가 아이젠하워 미국 대통령을 맞기 위해 건설한 도로란다. 이 도로를 타고 6시간, 그리고 미처 포장하지 못한 도로를 한 시간쯤 더 달리면 알혼 섬으로 가는 사휴르타 선착장에 닿는다. 거기서 배를 타면 약 15분여 만에 알혼 섬에 도착하는데 거기서부터는 도로 상황과 관계없이 전 세계 어디라도 끄떡없이 달릴 듯한 '우아직'이라는 이름의 8인승 승합차를 타고 이동한다. 80년대 초반에 러시아에서 개발한 이 차는 4륜구동으로 전투를 위해 만들어진 차답게 알혼 섬의

마치 이별인양. 그럴 것도 아니면서……. 사휴르타 선착장.

비포장도로를 자유자재로 넘나든다. 한때는 아프가니스탄을 침공했던 구소련이 10년 넘게 전쟁을 수행하고도 별다른 성과를 거두지 못한 그 전쟁에서 활약했으니 지금은 그리 대접받을 이유가 없지만 달랑 운전대와 바퀴 그리고 엔진 외에는 아무것도 필요 없다는 듯 뿌연 흙먼지를 일으키며 달리는 차를 보면 신기하기 그지없다.

이 차를 타고 알혼 섬에서 가장 큰 마을인 후지르에 가면 '니키타 하우스'가 있는데 거기에서는 세계 각국에서 모여든 젊은이들이 삼삼오오 모여 맥주를 마시거나 노래를 불렀다. 부에노스아이레스의 대학생은 펜팔을 통해 모스크바의 친구를 사귀어 바로 이곳에서 만나자는 약속을 했고 독일에 사는 부부는 평생 기억에 남는 휴가를 보내기 위해 이곳에 왔단다. 다들 멋들어진 인생들이다. 이르쿠츠크에서 공학을 전공하고 있는 '올가'를 만났다. 해가 지기 전 불칸 바위 아래에서 세계 평화를 위한 씻김굿을 진행했었는데 거기에 참여했던 여성이다. 처음 듣는 장구와 꽹과리 소리도 신기했고 각자의 소원을 적은 종이를 태워 하늘로 날리거나 순백의 옷을 입은 무녀의 간절한 기원의 소리도 궁금했던 그녀는 내게 무엇을 위한 행사인가를 물었었다. 나는 "Peace"라는 한마디를 전달했지만 그녀는 재차 물었다. "Inner peace?" "아니예요. 전 세계의 평화, 전쟁 없는 세상, 착취 없는 세상, 고로 평등한 세상을 위한 한국인들이 하는

황혼으로 가는 배.

전통 기원 굿입니다." 나의 대답에 그녀는 환한 웃음으로 화답했었다. 갓 스무 살이 넘은 그녀는 알혼 섬에 잠깐의 일정으로 들렀다가 홀딱 반해 머물기를 자청했다고 했다. 앞으로 공부를 계속해야 하지만 자신에게 1년 혹은 2년쯤의 쉼은 더없이 도움이 될 거라나.
부러웠다. 10여 개가 넘는 자격증을 취득하고 만점에 가까운 토익점수를 자랑하면서도 미래의 불안을 치유하기 위해 또 다른 스펙을 고민하는 한국의 젊은이들과는 차원이 다른 삶을 살고 있지 않은가. 그렇게 부산하고도 소박한 알혼 섬과의 만남 하루가 지나간다.
바이칼의 언덕에 누워 별을 헤아려본다. 팔을 벌리면 왼쪽 손끝에서 오른쪽까지 그 사이에 있는 것은 오직 별뿐이다. 별들은 스스로 빛나고

평화로 가는 길을 물었다.

있다. 그리고 서로를 빛내고 있다. 밤사이 형형색색의 조명을 들어대고 경쾌한 뽕짝을 울리며 관광객들을 취하게 하는 유람선이 몇 척 정도는 있어야 상식에 맞는 나라에서 온 나는 변변한 숙소 하나 없이 별빛 하나만으로도 2500만 년을 살아온 거대한 자연의 나라 바이칼에서 자존과 공존共存의 하늘을 보며 감격한다. 그러곤 다시 외로워진다. 보드카의 기운에 얹어 나도 함께 조용히 노래를 부른다. "그대 울지 마라. 외로우니까 사람이다. 살아간다는 것은 외로움 견디는 일."

그때 바다 같은 호수 한가운데 떠 있는 알혼 섬의 끝자락 어디쯤에서 손톱 같은 달이 떠오른다. 나의 생살보다 더 붉은 달빛 사이로 소금을 흩뿌리듯 별똥별이 떨어진다. 달빛은 흠칫 놀라며 점점 더 가까이 내게로 오고 나는 수평선이 되어 달빛을 한참 동안이나 올려다본다.

행운을 빌어요, 당신과 당신의 나라 코리아에도

· 1637미터의 심연 하보이 곶 ·

저게 다 물이다. 간밤의 잠자리에서 심상心像으로만 그렸던 바이칼의 파도 소리는 들을 수 없으나 후지르 마을을 떠나 하보이 곶으로 향하는 길의 왼편은 연두에서 초록으로 가는 5월의 나뭇잎을 지천으로 깔아놓은 듯하다. 호수의 빛깔이 그랬다. 게다가 세상의 모든 빛은 그곳에만 떨어지는지 차가 한 번씩 흔들릴 때마다 호수에 비친 햇살은 마치 달빛을 품은 메밀밭처럼 넘실거린다.

세계 민물 양의 20퍼센트를 차지한다고 했다. 그러니까 조선팔도의 강물을 죄다 모아도 이 거대한 호수에겐 아침녘에 훑고 지나간 소나기 정도란 얘기다. 어림잡아 아시아 대륙의 민물 정도는 모아야 비교가 가능하다.

호수 둘레의 총 길이도 636킬로미터이니 부산에서 동해선 타고 삼척, 강릉 지나 원산이나 청진쯤 가야 하는 거리이다. 일찍부터 서둘러 떠난 길의 목적지 하보이 곶은 바이칼 호수에서 가장 수심이 깊은 곳이란다. 1637미터. 서해바다의 평균 수심이 채 100미터가 안 되는 것을 고려하면 실로 '장엄하다'라는 말 외에 다른 수사를 찾기 어렵다.

그런데 숙소에서 출발하기 전 나는 물 한 컵을 조심스럽게 받아 양치질을 했고 고양이세수를 했다. 숙소에는 수도가 없었다. 내 고향 마을에서도 소싯적에나 쓰던 펌프를 발견하긴 했으나 그조차도 사용하지 못했다. 샤워장은 있었지만 바가지로 끼얹는 수준이어서 마음 놓고 샤워를 한다는 건 불가능했다. 각 숙소마다 배정된 물의 양이 있고 새벽에 물 차가 한정량을 배달하면 그것만 사용해야 한다. 당연히 반 아침형 인간인 내가 일어났을 때는 남은 물이 조금밖에 없었을 뿐 아니라 나보다 늦은 일행들도 생각해줘야 하니 고양이세수라도 한 건 그나마 다행이다.

세계 최대의 담수량을 자랑하는 물의 천국에서 물 부족 현상을 겪는 이 역설을 어떻게 이해해야 할까. 알혼 섬의 모든 숙소는 정해놓은 이 규칙에 따라 움직이고 있었는데 바이칼이 없으면 관광객도 없고 삶도 없다는 그들의 기본 철학을 다시 생각하면 이들이야말로 1637미터의 심연보다 더 깊은 심성을 지닌 사람들이 아닌가. 이들로 인해 이 성스러운 바다 안에 떠 있는 스물두 개의 섬은 빛나고 있고 나는 그 섬 중 가장 큰 알혼 섬의 북쪽 끝자락을 향해 달리고 있다.

출발한 지 한 시간, 여전히 우아직은 비포장도로를 흙먼지 날리며 신나게 달린다. 자칫 머리가 천장에 닿을 만큼 덜컹대기도 하고, 흔들림으로부터는 잠시도 자유롭지 못한 굴곡이 심한 도로인데도 이 차는 속도를 줄일 줄 모른다. 어젯밤의 숙취 때문에 잠깐씩 눈이 감길 법도 하지만 운전기사 양반은 러시아 여인의 신나는 음악을 크게 틀어놓고는 그 박자에 맞추어 액셀러레이터를 밟는 통에 차 안에서의 깜빡잠은 꿈도 꾸지 못한다. 30분쯤이나 더 지난 뒤에 도착한 하보이 곶은 거대한 언덕이다. 이 언덕의 오른편으로는 높이가 100미터는 족히 되어 보이는 절벽이 수평선과 닿아 있고 그 아래 호수의 파도는 비탈면을 쉼 없이 두드린다.

절벽의 끄트머리에서 수면을 바라보는 일도 아득하기만 한데 저 파도의 나이를 생각해보니 더 아득하다. 무엇이 그리워 파도는 저렇게 쉼 없이 뭍을 향해 달려오는가. 2500만 년 전쯤부터 지금까지 단 한순간도 쉬지 않고 굳게 잠긴 절벽의 문을 두드리는 파도의 포말 위에서 잠시 숨을 가다듬는다.

파도가 움직이는 속도를 따라 호흡을 얹으며 세월의 무게를 견디는 시간, 조용한 여인의 목소리가 들려온다. "어디서 오셨나요?" "아~ 네. 한국에서 왔습니다." "한국이라면 남? 아니면 북?" 어젯밤 니키타 하우스의 올가에게 받은 질문을 또다시 받는다. 쓰리다. "남쪽이요"라는 대

답을 하고 몇 마디를 더 주고받았지만 이역만리 타국에서야 바다를 건너지 못하면 아무 데도 갈 수 없는 섬나라 주민이라는 걸 확인한다. 그놈의 북北이라는 글자가 문제였다. '북' 쪽에서 불어오는 바람은 차디찬 시베리아 한랭전선, '북' 쪽에서 들려주는 역사는 반란 반역의 역사, '북' 쪽에서 전하는 소식은 핵의 공포와 전쟁의 위협. 어느 것 하나 사람의 삶에 맞아떨어지는 게 없으니 가볼 수도, 꿈꿀 수도 그리워할 수도 없는 불가촉천민들이나 사는 세상이었다.

'북'이라는 글자가 우리의 뇌리 속에서 사라지는 만큼 남南이란 글자는 더욱 커졌고 강남 갔던 제비가 돌아오는 따뜻한 나라, 대양의 파도에 춤추며 청운의 꿈이 물결치는 희망의 땅. 그래서 튀어도 북이 아니라 "남쪽으로 튀어"야 했다. "똥도 미제가 좋다"는 시골 어른들의 우스갯소리가 사실이 될 만큼 대양大洋 의존적 삶을 살았다.
법과 교육체계, 그리고 관료체계는 일본의 것을, 경제체계와 사회제도는 미국의 것을 베꼈다. 그렇게 60년. 스스로에게 묻는다. "그래서 지

행운을 빌어요.
당신과 당신의 나라
코리아에도.

금 행복한가?" 온전한 대륙인으로서의 삶이 그리워졌다. 굳이 호태왕과 고선지 장군의 대륙은 아니더라도 만주와 대흥안령 그리고 바이칼을 품었던 우리 역사에 발 디디고 싶었다. 단재가 전해준 『조선상고사』의 너른 품과 하다못해 춘원이 만들어낸 최석과 정임의 애달픈 바이칼의 사랑을 따라가며 그 안의 '카레이츠'. 우리 아닌 또 다른 우리로 사는 그들의 끈질긴 삶 속에서 희망 한줄기 건져보고 싶었다. 그러나 나는 제 민족의 땅은 밟지도 못하고 기차 여행도 아닌 해외海外 여행을 떠나온 사람. 고작 바이칼 호수보다 조금 더 큰 섬나라에서 온 여행객일 뿐이었다.

내 더듬거리는 영어에도 같은 분단의 아픔이 있는 독일인 부부는 한국의 상황을 잘 이해해주었다. "당신은 학자인가?"를 물었다. 나는 아니라고 대답했다. "나는 음악 만드는 사람, 노래하는 사람"이라고 했다. 구동독의 음유시인 볼프 비어만Karl Wolf Biermann(1936. 11. 15.~)을 좋아하고 그의 노래 〈더 나은 시간을 기다리지 마라Warte Nicht auf Bessere Zeiten〉는 내가 특히 좋아하는 곡이라고 했다. 그들은 잘 모른다는 듯 고개를 갸우뚱했지만 "언젠가 기회가 되면 당신의 노래를 듣고 싶다"고 했고 나도 그러길 바란다고 했다. 잠깐의 대화에서 그들이 내게 준 마지막 문장은 "행운을 빌어요"였다.

"당신과 당신의 나라 코리아에도."

다르다 여기며 분단을 살았다.
그러나 거대한 절벽에 서면 하늘빛과 물빛이 닮았다.

한 뼘 그늘 아래서 쉬어 간다

· 알혼 섬에서 빈둥대다 ·

간밤의 숙취로 축 늘어진 몸을 추스르고 나는 200루블(우리 돈 8000원 정도)을 주고 빌린 자전거로 알혼의 언덕을 달린다. 지난 새벽 손톱 같은 달이 바알갛게 떠오르던 부르칸 바위 아래엔 벌써 몇몇의 야영객이 텐트를 쳤고 정신없이 별을 헤아리던 언덕 위에선 한 무리의 러시아인들이 고요한 몸짓으로 선禪 동작을 연습하고 있다. 삼베 같은 질감의 옷을 걸친 젊은 선생은 서두르지 않은 채 학생들의 손끝까지 응시하며 성심을 다해 지도하고 이마에 송골송골 맺힌 땀방울을 닦으며 제자들은 선생의 일거수일투족을 행여 놓칠세라 뚫어지게 바라본다. 그 동작들은 지극히 동양적이어서 태극권의 품세 같기도 하고 요가 같기도 하다가 한국의 전통무용 춤사위를 흉내 내는 것 같기도 하다.

한 뼘 그늘 아래 쉬어 간다.

모든 게 다 좋았고 사소한 모든 게 용서되었다. 러시아의 여인들은 거개 다 상냥해서 어쩌다 눈이 마주치면 싱끗 웃어주었는데 거기다가 카메라 렌즈를 돌리면 손까지 흔들어주었다. 언덕배기를 오르는 페달질이 힘들어 잠시 쉬어갈 때는 미리 싸온 '발티카 7'이라는 러시아산 캔맥주를 들이키다가 한갓진 나무그늘 아래 한 뼘의 그늘을 빌려 눕기도 했다. 하늘을 보고 있으면 호수의 빛깔이 새겨져 있고 호수를 보고 있으면 하늘이 그 안에 담겨 있다.

날씨는 몹시 무더웠다. 영상 30도. '뭔 놈의 날씨가 이리 덥다냐. 명색이 시베리아의 한복판인데' 싶다가도 금세 이마를 치고 지나가는 바람 한 줄기에 흐르던 땀방울이 쏘옥 들어가는 신기함. 하늘을 담은 호수의 끝은 지도에서조차 가늠할 수 없을 만큼 광활하다. 하늘을 닮은 호수의 깊이는 굳이 가늠할 필요조차 없다. 1637미터라고는 했으나 바이칼 호반의 백사장 위에서 홀딱 벗고 일광욕을 즐기는 여인네의 자유 정도로 알아먹으면 그만이다.

나도 그 여인네의 자유를 흉내 내며 호수 안으로 들

어간다. 서두르지는 않는다. 딱히 내 인생 최초의 바이칼 입수에 관해 설레거나 경건해지는 마음 따위는 없다. 그저 따가운 햇살을 피할 수 있는 가장 좋은 수단 정도로 여긴다. 발목에서 무릎 그리고 허리춤까지 몸을 담그다가 무슨 수컷들이 영역표시 하는 것처럼 눈으로는 하늘을 보는 척 쉬이~ 실례를 시작하는데 아뿔싸, 허리 아래 관절이라는 관절은 죄다 저려올 정도로 물이 차다. 실례가 완성되는 그 짧은 시간을 참기 어려울 정도다. 영상 4도쯤 된다니 보통의 냉장실 온도와 맞먹는 한기가 온몸을 감싼다. 몸 전체를 채 담그기도 전에 퍼어래진 입술을 덜덜 떨며 도망쳐 나오면 한여름의 태양에 뜨끈하게 몸 달아 있는 백사장이다. 3분을 버티기 힘든 차가운 물을 러시아 청년들은 쉼 없이 자맥질하고 나는 멀찍이 누워 햇살의 포근함을 만끽하는 러시아 여인의 자유를 힐끗거리다가 살짝 잠이 든다.

"솔직히 한국이라는 말도 안되는 바쁜 나라에서 시베리아 오는 사람들은 다 또라이 아냐?" 알혼 섬으로 들어오기 전 모스크바를 출발해 이르쿠츠크로 향하는 기차 안에서 누군가가 그랬다. "맞다. 또라이들" 하며 킥킥대고 웃었지만 그게 우리의 모습이었다. 눈 질끈 감고 큰 결심해야 가는 곳은 맞다. 단순히 비용 문제가 아니라 자신을 단 한 번도 편히 쉬지 못하도록 강제하는 자본의 구조 속에서 과감한 일탈을 꿈꾼다는 게 수월치는 않다. 허나 나는 시베리아에 남과 북을 묻었다. 같은 지향을 찾기보다는 나와 다른 무엇을 찾아 갈라서기에만 급급한 진보라는 이름의 옹색함도 묻었고, 정작 돈 버는 일을 포기하고 '쉼'을 찾아 먼 여행길에 나선 내가 또라이가 아니라 이런 일 한번 벌이지 못하고 사소한 이익 앞에 늘 흔들리는 분단된 섬나라의 내가 더 또라이라는 사실도 묻었다.

백사장의 햇볕이 따갑다. 호수에 다시 몸을 담그면 단 하나만 생각하면 된다. '이번에는 몇 분을 버틸 수 있을까.' 한 가지의 집중을 통해 일상의 잡념을 잊는다는 불교의 사마타 수행법을 흉내 내자면, 물속에 들어가 발끝의 혈관까지 얼어버릴 것 같은 추위에만 집중하면 다른 여타의 고단한 상념들은 일어날 틈이 생기지 않는 것이다. 그것 때문일까. 바이칼 호수에 한 번만 몸을 담가도 10년쯤 젊어진다는 속설이 있는데 그 설이 왜 생겼는지는 짐작할 만하나 실제로 그 말을 믿었다가는 젊어지고 싶은 마음만큼 등짝의 살갗만 죄다 타버리고 만다.

바이칼의 태양을 등지고 다시 마을로 내려오면 생기 있는 젊은이들은 상점 밖의 테이블에 앉아 "하이" 하며 손을 흔들고 '자유롭다'. 어느 것 하나 매여 있는 것이 없다. 코뚜레나 밧줄이 없는 소들은 도로 한가운데를 어슬렁거리며 풀을 뜯고 신난 강아지는 자선거 꽁무니를 따라오며 짖어댄다. 가끔씩 늑대보다 큰 개를 만나게 되는데 목줄이 없기는 마찬가지다. 그놈이 무서운 나는 잠시 자전거를 세우고 애써 태연한 척하며 그놈이 지나가길 기다린다. 묶인 게 없으니 자유롭고 자유로우니 유순하다. 산만 한 개를 보고 지레 겁먹은 나를 빼놓고 알혼 섬의 모든 것들은 두려움이 없다.

오지 않은 내일을 준비하며 살았다. 어쩌면 좀 더 나은 내일에 대한 욕망. 그러나 나락으로 떨어지면 어쩌나 하는 공포가 내 삶의 근간이었는지도 모를 일이었다. 오지도 않은 미래를 두려워하는 것이 나의 일상이었다. 한껏 게을러도 좋은 알혼 섬에서의 하루를 보내며 나는 내가 사는 사회가 빼앗은 자유와 강요된 두려움으로 인해 어쩌면 집채만 하게 큰 개보다 훨씬 더 사나운 존재가 되어 있을 거라 생각한다. 다시 페달을 힘껏 밟고 언덕을 오르니 저녁 햇살을 받은 소나무 한 그루가 길쭉한 그림자를 드리우고 있다. 저기서 잠시 쉬어야겠다. 한 뼘 그늘 아래서 느긋하니 좀 더 유순해져야겠다.

그 언덕 위에선 늘어져서도 좋았다. 노을이 있었으니까.

스파시바
시베리아

샤먼의 기도, 자연에 물들다

· 브리야트족 자치구 우스체르도 ·

내 짐작이 맞다면 그이의 이름은 '소망'이란 의미를 지닌 발렌틴이다. 선사시대부터 수천 년을 쿠르칸족으로 살았고 400여 년 전 몽골족으로부터 갈라진 사슴과 늑대의 후손 브리야트족의 샤먼이다. 브리야트 공화국의 수도인 울란우데 문화대학에서 공부했고 라마교 대학에서는 티베트 불교학을 연구한 수재이다. 바이칼을 '성스러운 바다' 혹은 '샤먼의 호수'라 일컫는다면 이 땅의 주인은 바이칼의 샤먼인 발렌틴이다. 그러나 시베리아 샤먼의 과거사는 혹독함 그 자체였다. 알혼 섬 불칸 바위 아래 있는 동굴에선 몽골 기병대에 실려 온 라마승에 의해 샤먼 부부가 살해당했고 러시아의 본격적인 동진이 시작된 이후엔 코사크족 약탈자들과 함께 온 러시아정교회 신부들이 샤먼들을 불태워 죽였다.

러시아 혁명(1917) 이후 러시아 내전(1918~1920) 때는 브리야트족 대부분이 백군의 아무르 코사크 부대에 편입됐다. 그 부대를 이끌던 운게른 스테른베르크 남작과 세묘노프 장군 등은 승마와 산악 기술에 능한 종족의 특성을 높이 샀고 그만큼 대우도 남달랐다. 당연히 내전을 승리로 이끈 볼셰비키 세력과의 갈등이 있었다. 1929년 자신들의 가축을 국유화하기로 한 러시아 법률에 반기를 든 이른바 '샴발라 반란'은 그들에게 치명적이었다. 약 3만 5000명의 브리야트인이 죽었고 그중엔 수백 명의 샤먼이 포함되었다.

브리야트족 사회에서 샤먼은 지도자다. '다곤'이라는 화신火神을 숭상하는 그들에게 샤먼은 천상신인 탱그리Tengry와 인간 세계의 중계자로서 마을 사람들의 병을 치료해주고 손금, 관상 등을 통해 예언을 하거나 각 가정의 안녕을 축원한다. 무엇보다도 그들에게 가장 중요한 임무는 제사의식을 주관하는 일이다. 가정사를 주제로 가족 단위로 제사를 드리거나 철마다 종족의 풍요로운 삶을 위해 또는 가을 수확 전에 신께 감사드리는 '타일라간'이라는 제사를 드린다. 브리야트족에게 제사가 중요한 이유는 아마도 유목민이었기 때문일 것이다.

"인류의 역사는 자연과의 투쟁"의 역사라고 정의한 칼 마르크스의 사고는 산업사회 이후에나 가능한 일이었다. 현재의 우리가 '미개한'이라고 부르는 농경사회의 인간은 철저하게 '자연으로서의 인간'이었다. 흉년이 들면 굶었고 병이 들면 죽었다. 초원의 맹수들을 두려워했으며 바람이 흐르는 방향을 소중히 했다. 인간의 생존에 관한 모든 것들은 신의 영역이었다. 인간의 삶에 도움을 주는 것들은 모두 경외의 대상이었고 인간의 삶을 해치는 것들은 모두 경계의 대상이 되었다. 그러나 인간 스스로가 할 수 있는 일은 극히 적었으므로 한 줌의 햇살, 물 한 방울, 나무 한 그루조차 함부로 다루지 않았다. 새 생명이 태어나는 것을 축

복으로 여겼지만 죽음 또한 당연한 것이었다. 자연의 모든 것이 그러하듯이. 그러므로 유목민인 브리야트족의 천상신 탱그리는 곧 자연으로 생각해도 옳다.

이르쿠츠크에서 알혼 섬 방향으로 약 70킬로미터쯤 떨어진 곳에 브리야트 자치주인 우스제르드가 있다. 마을 입구에는 백마를 호령하는 브

소수민족의 마을은 초라하다. 옛 영화는 동상으로만 남아 있는 우스제르드.

리야트 전사의 동상이 서 있지만 마을 안은 초라하다. 길은 비포장이어서 30도가 넘는 더위에 먼지는 폴폴 날리고 가로수는 군데군데 말라 있다. 통나무를 켜서 지붕으로 덮은 버스 정류장은 있으나 버스가 없다. 작은 구멍가게 앞에 원주민들 몇 명이 웅성댔는데 아마도 표를 끊는 것 같다. 나는 버스를 발견하지 못했는데 그들은 버스를 탄다. 내가 생각했던 대형버스가 아니라 12인승 승합차다.

그 동네의 버스가 이 작은 차라는 걸 미처 생각하지 못했다. 그것도 국산차 S브랜드다. 러시아에서 국산차를 발견하는 건 눈 뜨고 거리 나가면 되는 일이라 새삼스러울 건 없지만 그래도 이 한적한 곳에서 만나니 눈이 휘둥그래지다가 이역만리 러시아에까지 차를 팔아먹고도 무슨 욕심이 있어서 노동자들은 저리도 고통스럽게 하나 하는 생각에 이르면 '어쩔 수 없는 이 사회 참여형 인간' 하며 피식 웃게 된다. 그러나 나 또한 이곳 브리야트족에게는 최소의 비용을 지불하고 더 많은 것들을 담아 가려는 속성을 가진 관광객 아닌가. 방금 점심을 먹은 식당의 메뉴가 고작 흰 쌀죽에 흑빵 몇 개라고 투덜대고 재래식 화장실의 냄새에 휴지도 너무 거칠다고 비아냥댔던 욕심덩어리 나라에서 온 관찰자에 지나지 않는다는 생각에 정신이 들면, 시베리아의 변방 이 작은 마을의 모든 것들에 대한 인상은 초라함에서 소박함으로 변해간다.

약 스무 명의 브리야트인이 전통복장을 곱게 차려 입고 공연을 펼치고 있다. 몽골의 마두금과 유사한 악기, 또 전통 타악기를 포함해 악사는 다섯 명. 춤을 추는 여인네도 노래를 부르는 남정네도 모두 모습이 소박하다. 우리 일행과 공연단은 모두 둥그런 원으로 묶여 있고 그 원 안에는 자작나무로 쌓은 장작불이 타고 있다. 그들은 불을 '하늘에서 내려준 가장 큰 선물'로 여긴다. 그래서 불은 신성하다. 공연마당으로 들어오기 전에도 브리야트족 여인의 안내에 따라 자작나무 장작불을 건너왔다. 그리고 장작불의 재와 물이 혼합된 염료를 각자의 이마에 찍었다. 마을 밖의 때 묻은 영靈을 걷어내고 신령한 성지로 들어오는 의식이다. 그러니까 이곳에 모인 사람들은 각자의 차이에도 불구하고 이마에 점 하나씩은 찍은 공통점을 가진 것이다.

샤먼 발렌틴의 축원은 이 작은 공통점을 모아 원을 만들어 모두가 자연인 신령한 성지를 만들려는 간절함이 배어 있는 듯했다. 노쇠한 샤먼의 목에선 쇳소리가 났지만 그가 흔드는 방울소리는 영롱했다. 시베리아의 오지에 몰린 소수민족의 설움을 노래하듯 구슬픈 곡조를 읊조리다가도 이 광활한 대지의 주인으로 고난의 삶을 헤쳐 온 승리자가 되어 춤을 추었다. 그는 브리야트어와 러시아어를 번갈아 쓰면서 의식을 진행했는데 다행인 건 내가 그의 말을 하나도 알아들을 수 없었다는 것이다. 아니, 알아들을 필요가 없었다. 단지 그의 곡조와 몸짓만으로도 나는 '자연으로서의 인간의 삶'을 충실하게 살아온 그들의 역사, 그리고 그의 기도가 내가 알고 있는 아메리카 인디언 수우족의 기도문과 다르지 않음을 느낄 수 있었기 때문이다.

참고자료 『바이칼』, 김종록, 문학동네, 2002.
『바이칼 한민족의 시원을 찾아서』, 정재승 엮음, 정신세계사, 2003.

스파시바
시베리아

자연을 닮은 사람들.

문명인의 오만을 거두고 바람의 노래를 들어라

· 우스체르드 브리야트 자치주 ·

“바람 속에 당신의 목소리가 있고 당신의 숨결이 세상 만물에서 생명을 줍니다.
나는 당신의 많은 자식들 가운데 아주 작고 힘없는 아이입니다.
내게 당신의 힘과 지혜를 주소서. 나로 하여금 아름다움 안에서 걷게 하시고 내 두 눈이 오래도록 석양을 바라볼 수 있게 하소서.
당신이 만든 물건들을 내 손이 존중하게 하시고 당신의 목소리를 들을 수 있도록 내 귀를 예민하게 하소서.

당신이 내 부족들에게 알게 한 것을 내가 알게 해주시고 당신의 모든 나뭇잎, 모든 돌 틈에 감춰진 교훈들을 나 또한 배우게 하소서.
내 형제들보다 더 위대해지기 위해서가 아니라 가장 큰 적인 나 자신과 싸울 수 있도록 내게 힘을 주소서.
나로 하여금 깨끗한 손 똑바른 눈으로 언제라도 당신에게 갈 수 있도록 준비시켜주소서.
그래서 저 노을이 지듯이 내 목숨이 사라질 때 내 혼이 부끄럼 없이 당신에게 갈 수 있게 하소서."

아메리카 인디언 수우족의 기도

얼마나 간결한가. '자연으로서의 인간의 삶'을 사는 집단이 어머니 대지 위에 드릴 수 있는 최상의 기도 아닌가. 자연으로부터 부여받고 생육하다 다시 자연에 귀의하는 가장 낮은 자의 기도 속에는 자연을 인간의 대척점에 놓고 오직 자연의 극복만이 인간의 살 길임을 외치며 스스로 '정복자'의 길을 합리화시켰던, 소위 말하는 '문명자'의 오만을 찾아볼 수 없다.
내가 샤먼 발렌틴의 기도를 들으며 자연스럽게 아메리카 인디언의 모습을 떠올렸던 건 그들의 뿌리가 같기 때문이다. 이미 1950년대부터 구소련의 인류학자 게오르기 데베츠와 유전학자 유리 리치코프 등은 아메리카 인디언의 조상이 중앙아시아에서 왔을 거라는 가설을 세우고 연구에 매진해왔으며 그들의 연구는 마침내 1990년대 인간 게놈 지도의 유전자 분석을 통해 그 가설을 현실로 증명했다.
'스탬피드 축제'라는 게 있다. 로키산맥이 인접한 캐나다 캘거리에서 벌어지는 카우보이 축제다. 매년 7월 첫째 주가 되면 세계 각지에서 몰

리는 약 120만의 인파로 캘거리 시내는 발 디딜 틈이 없다. 축제가 시작되면 공항은 물론 모든 은행 공공기관과 상점까지 서부 개척시대의 풍경으로 변신하는데 청바지에 웨스턴 부츠, 카우보이 모자는 기본이고 기병대 복장에 시가를 물고 한껏 멋을 낸 청년이 있는가 하면 서부 영화에 자주 등장했던 멜빵바지 혹은 통 넓은 치마를 입은 여인네들이 밤새 연주되는 컨트리 음악에 맞춰 춤을 춘다. CNN에서 반드시 가봐야 할 세계 7대 여행지로 소개했다고 하니 그 규모를 짐작할 수 있다.
이 축제의 최대 압권은 역시 로데오 경기와 역마차 경주다. 총 상금이 200만 달러. 이 경기의 승리를 위해 카우보이들은 몇 달 전부터 야생마와 황소 잡기에 혈안이 된다고 한다. 카우보이들은 길들여지지 않은 황소의 등 위에서 고작 8초에서 10초 정도를 머무를 수 있는데 그 순간의 카타르시스를 만끽하기 위해 수만의 관중들이 환호한다. 로키산맥의

설산을 등 뒤에 두고 광활한 초원을 내달리는 역마차 경주 또한 스릴 만점이다. 광폭한 질주에 마차가 뒤집어지는 일은 다반사고 가끔 사람이 죽는 일도 발생할 만큼 위험하지만 참여자들이 열광하는 이유는 몇몇의 소중한 생명보다 그들의 희생을 통해 만들어낸 새로운 땅, 신세계에 대한 열망을 정확히 표현해내기 때문이다.

청교도들이 1607년 4월 영국 본토의 종교 탄압을 피해 버지니아의 체사피크만Chesapeake bay에 도착한 이래 수백 년간 그들은 성서와 권총이라는 상반된 가치를 양손에 쥐고 영역을 개척했다. 그들이 신성시했던 황금률黃金律 ― 남에게 대접을 받고자 하는 대로 너희도 남에게 대접하라.(마태복음 7:12) ― 은 2만 5000년 전부터 그 땅에 살아온 바이칼의 후예들을 죽이고 땅을 빼앗는 가장 중요한 이데올로기가 되었고 삶의 터전을 잃어버린 북미 인디언들의 슬픈 노래는 1854년 수콰미시족의 세알트Sealth 추장의 연설로만 남아 있다.

> "그대들은 어떻게 저 하늘이나 땅의 온기를 사고 팔 수 있는가? 우리로서는 이상하다 여겨지는 생각이다. 공기의 신선함과 반짝이는 물. 우리가 소유하고 있지도 않은 것들을 팔 수 있다는 말인가? 우리에게는 이 땅의 모든 부분이 거룩하다. 빛나는 솔잎, 모래 기슭, 어두운 숲속 안개, 맑게 노래하는 온갖 벌레들, 이 모두가 우리의 기억과 경험 속에서는 신성한 것들이다. 우리는 땅의 한 부분이고 땅은 우리의 한 부분이다. 향기로운 꽃은 우리의 자매이다. 사슴, 말, 큰 독수리, 이들은 우리의 형제들이다. 바위산 꼭대기, 풀의 수액, 조랑말과 인간의 체온 모두가 한 가족이다."

세알트 추장의 연설에서

샤먼 발렌틴.
그의 기도에서 평화를 보았다.

스탬피드 축제에는 인디언이 없다. 오직 인디언들을 정복했던 '오만한 문명자'들의 함성만 있을 뿐이다. 고작 100년이 된 이 축제의 참가자들은 캘거리 주변의 숱한 나무들조차 이 축제의 나이보다 훨씬 더 오랫동안 그 자리에 서 있었다는 것을 알까?
우스제르드에서 들은 브리야트 원주민들의 노래와 샤먼의 간절한 기도 속에서 나는 "마지막 나무가 베어져 나가고, 마지막 강이 더럽혀지고, 마지막 물고기가 잡힌 뒤에야 그대들은 깨달으리라. 돈을 먹고 살 수는 없다는 것을"이라고 절규했던 북미 인디언 수콰미시족의 울분을 떠올렸다. "여기 땅 한 평은 얼마나 해? 이 사람들은 저 넓은 땅을 왜 놀리고 있을까?" 분명한 한국말로 무심코 뱉어낸 누군가의 한마디를 듣고 난 다음이었다.

나는 욕망을 좇았으나
그들은 욕망을 버렸다

· 즈나멘스키 사원 1 ·

십자가에 못 박힌 예수의 발목을 붙잡고 선명한 핏자국을 가슴에 새기듯 하염없이 보듬고 있는 여인을 만났다. 여인의 허리는 태엽이 다한 시곗바늘처럼 위태로워 보였는데 끊임없이 힘든 허리를 구부려 땅을 손에 짚고 성호를 긋다가 다시 허리를 펴서 예수의 형상을 만지고 두 손을 모아 기도하는 방식이었다. 알아들을 리 없었지만 나는 그 여인의 가장 가까운 거리에서 읊조리는 기도 소리를 듣고 싶었다.
일흔이 넘어 보이는 얼굴의 주름은 햇볕에 반사되는 부분을 제외하고는 깊은 음영에 싸여 있었고 그만큼 그녀의 기도는 간절해 보였다. 일정한 운율이었다. 또는 일정한 선율이었다. 그녀가 몇 번을 반복해 기도하는 사이 어느덧 나도 그녀의 선율에 동화되어 들릴 듯 말 듯한 화음을 넣고 말았다. 다행이다. 그녀는 나의 화음을 듣지 못하고 연신 허리를 구부렸다. 어깨에 메고 있던 카메라의 셔터를 누르고 싶었으나 그렇게 하지 못했다. 성당 안에서의 촬영은 금지되어 있을 뿐 아니라 내 눈엔 이미 성녀聖女가 되어 있는 그녀의 기도를 자칫 내 카메라가 방해해서는 안 되는 일이었다.

나의 삶에도 기도라는 것이 있었다. 한 밤을 통틀어 내내 울어대던 간절함도 있었고 그러곤 새벽녘 부스스하게 일어나 십자가 앞에 무릎을 꿇기도 했었다. 그러나 내 기도라는 건 고작 지나간 시절의 원망이거나 불투명한 미래에 대한 걱정뿐이었다. 간절함이 더해갈수록 내 처지에 대한 초라함은 바닥을 드러냈고 그만큼의 욕심은 더 많은 요구들을 쏟아내었다. 그리고 내 기도에 대한 응답은 거의 이루어지지 않았다. 애초 기도는 감사함으로 시작되었지만 정말로 내가 감사하는지는 나 자신도 의문이었다. 이웃과 공동체에 대한 간구를 빼놓지 않았다. 그러나 아픈 사람은 늘 아팠다. 그리고 그 수는 점점 늘어났다. 어쩌다 만취한 술자리에서 신神의 존재를 되물을 때면 어떤 이는 마치 신의 대리인의 목소리로 준엄하게 충고했다.

"너의 세계관이 문제야. 조금만 더 넓게 보면 세상이 살 만하다는 걸 알게 될 거야."

가난한 기도, 소박한 영성. 즈나멘스키 사원.

나는 내가 사는 세상을 제로섬zero-sum 게임의 사회로 본다. 승패의 합계가 항상 일정한 일정합 게임constantsum game의 저열한 경쟁사회에서 나는 늘 경쟁의 뒤편에 있다. 내가 아는 사람과 내가 관심을 두는 사람들은 거의 패자에 속한다. 이 사람들은 대개 겨우 하루를 살기 위해 폐지를 줍거나 헤픈 청춘을 팔거나 죽음의 기운이 깃든 공장에 웃으면서

출근한다. 그것 말고는 살아갈 방법이 없다. 이들의 가난은 누군가의 호주머니 속에 차곡차곡 쌓여 거대한 부를 만들어낸다. 빼앗긴 게 맞다. 이 시대 패자라 불리는 이들은 '돈 나고 사람 난 시대資本主義'를 능란하게 사는 이들의 현란한 거짓말 솜씨도 없고 거칠고 그악스러운 표정도 짓지 못한다. 이들은 나눔이란 어감의 충만을 느낄 틈이 없다. 나눌 것 없이 빠듯한 하루를 사는 이들에게 "그럼에도 이웃의 온정을 보여주세요"를 강요하는 사회도 볼썽사납지만 돈 몇 푼 들고 나눔의 대상과의 교감도 없이 그저 "베푸는 삶, 베푸는 삶"을 외쳐대는 순진한 서민들도 위태롭긴 마찬가지다. 의사는 아픈 환자의 돈을, 판검사나 변호사는 범죄자의 돈을, 고급 승용차에서 또는 널찍한 골프장에서 비즈니스에 바쁘신 사장님은 노동자의 돈을 먹고 산다. 하여 "나눔이란 누군가로부터 빼앗은 돈의 일부를 본래의 자리로 돌려놓은 가장 양심적 행위이다."

예수는 "가난한 자 복이 있나니 하나님 나라가 저희 것"(누가복음 6:20)이라고 분명히 말했지만 어느 누구 하나 스스로 가난해지려 하지 않는다. 소유를 범죄시했던 마하트마 간디가 꼽은 일곱 가지 죄악Seven Deadly Sins 중 으뜸도 노동 없는 부富, Wealth without work였다. 애초 가지지 않으면 나눌 게 없다. 가진 게 좀 있다면 내 소유로 인해 누군가는 배 곯고 있다는 걸 알면 된다. 그래서 마음이 불편하다면 베풀지 말고 나누지 말고 그냥 조용히 내놓으면 된다. 마치 훔쳐갔던 물건 되돌려주듯이.

이런 나의 편향된 세계관을 대부분의 사람들은 질타하기 바빴지만 지지해주는 이도 적지 않았다. 덕분에 나는 시베리아 한복판의 이곳 사원에 들러서도 십자가로 상징되는 가난을 뒤집어쓰고 여전히 피 흘리고 있는 여린 예수의 눈빛과 그 눈빛에 입 맞추는 여인을 마주하고 있다. 러시아 정교회의 규약에 따라 머리에 두른 여인의 머플러는 소박했고 길게 늘어진 코트도 낡아 있었다. 예수가 그랬던 것처럼 대개 가난한 자들의 기도는 단순하다. 삶을 지탱할 수 있는 최소한의 조건을 신에게 요구하고 그것이 이루어질 때까지 기도한다. "일용할 양식을 주시고 우리의 죄를 사하소서." 여인의 기도가 그랬다. 가난해서 욕심이 없어 보였다. 가난해서 더 많이 복 받은 사람처럼 보였다

즈나멘스키 사원으로 들어오는 입구엔 몇 명의 집시들이 초라한 행색으로 구걸을 한다. 눈빛은 정면을 응시하지 못하고 웃음기 없는 무표정한 얼굴에 나 같은 객客들을 좇아다니지도 않는다. 그 자리에서 몇 시간은 꼼짝도 안 한 듯한 모습으로 손만 내밀고 있을 뿐 무례한 관광객이

나는 더 큰 욕망이 존재하는 곳을 향해 숨 쉴 틈 없이 달려 왔지만
그들은 생존의 기로를 목전에 두고도 목석처럼 움직이지 않았다.

카메라 렌즈를 들이댈 때나 슬며시 고개 돌려 피할 뿐, 자세는 거의 변하지 않는다. 안내인은 그들에게 돈을 건네지 말라고 했다. 그러나 나는 내가 가진 지폐 중 몇 장을 그들의 손에 올려놓고는 도망치듯 지나친다. "일용할 양식"만을 요구하는 가장 작고 숭고한 기도 앞에 내가 가진 욕망의 크기는 너무 크다. 나는 더 큰 욕망이 존재하는 곳을 향해 숨쉴 틈 없이 달려왔지만 그들은 생존의 기로를 목전에 두고도 목석처럼 움직이지 않았다. 그 작은 욕망을 이루기 위한 그 어떤 몸짓도 하지 않았다.

그게 부끄러웠다.

평화의 예수가 속삭였다. 평화를 찾아간 나에게

· 즈나멘스키 사원 2 ·

20루블 내고 양초를 하나 사서 불을 붙였다. 사원 안은 경솔한 발걸음조차 용납하지 않는 무거운 분위기였다. 사람들은 대화를 하지 않았다. 다만 은빛 촛대 너머로 비치는 예수의 모습을 보며 차분하게 성호를 긋고 있었다. 갓난아기를 안고 촛불을 드리며 기도하는 젊은 부부를 보았다. 나는 그 부부가 기도하는 촛대 위에 촛불을 꽂고 조용히 눈을 감았다. 딱히 기도할 내용은 없었다. 부모의 얼굴을 번갈아 보며 가끔씩 까르르 웃는 아기의 모습을 보면 이 경건한 묵도默禱 아래서 다른 무엇을 바란다는 건 사치이다.

그때 내게 가만히 말을 걸 듯 파이프 오르간의 선율이 흘러나왔고 이어 정갈한 바리톤 음성의 성가가 시작되었다. 당연히 음반을 틀어놓은 줄 알았는데 강단 위에서 그림자의 흔들림이 있었다. 가만 보니 파이프 오르간 연주자의 반주에 맞춰 눈이 둥그런 젊은 신부가 노래를 하고 있는 것 아닌가. 이럴 경우에는 귀를 의심해야 할 게 아니라 눈을 의심해야 한다.

정제된 호흡과 정확한 음정, 때론 필요한 부분의 감정이입, 그리고 한 치의 오차도 없이 맞아떨어지는 연주. 음반보다 더 음반 같은 성가를 들으며 다시 눈을 감았다. 테제 공동체의 성가를 무척 좋아했다. 단순한 선율에 정갈한 메시지, 살려져 있음에 감사하고 나눔과 평화의 실천을 가장 소박한 언어로 간구하는 그들의 성가를 때론 지친 나의 어깨를 두드리는 황홀한 일몰처럼 사랑했다. 성당의 가장 높은 곳까지 깊은 울림으로 흔들어대는 젊은 신부의 성가는 테제 공동체의 성가와 무척 닮아 있다. 촛불이 흔들리고 그 뒤로 길게 늘어진 십자가 앞에 무릎을 꿇고 싶었으나 그렇게 하지는 못했다. 나는 이곳에서 예수의 근처를 서성이는 이방인에 불과했기 때문이다. 다만 빈 의자 하나 있을까 싶어 두리번거렸지만 찾지 못했다. 러시아 정교회의 성당엔 의자가 없다. 예배에 참가하는 사람들은 모두 서 있다.

즈나멘스키 성당 안엔 사람들이 많지 않았다. 그러나 십자가의 가장 높은 곳을 응시하며 두 손 모으는 기도자의 눈빛은 예수의 부활을 통해 새로운 삶을 시작하는 순례자의 담담함과 닮아 있다. 그들의 모습은 사원 마당에 잠들어 있는 트루베츠코이 경의 아내 예카테리나 여사의 품성과도 일치한다. 1825년 러시아 제정의 폭압에 반기를 들었던 데카브리스트 혁명(12월 혁명)의 주동자가 되어 시베리아로 유배된 남편을 따라 귀족의 삶을 버리고 고난의 길을 선택한 여자. 그것도 당시 120여 명의 유배자 부인 중 가장 먼저 남편과 함께 시베리아 유형을 감당한 사람. 전제 군주제와 농노제도의 폐지를 주장하여 훗날 볼셰비키 혁명

꽃은 시들지 않았다. 사랑의 결 따라 산 그녀도 시들지 않았다.
예카테리나 트루베츠코이의 무덤.

의 이론적 근거를 제공한 데카브리스트의 수뇌답게 끝내 시베리아를 지키며 먼저 죽은 자신의 아들의 손을 잡고 사원의 한 귀퉁이에 잠들어 있는 그녀의 묘비명에 십자가가 새겨져 있음은 너무도 당연한 일이다. 예카테리나 모자母子의 묘로부터 약 30미터쯤 떨어진 곳에는 그레고리 이바노비치 셸리호프Grigory Ivanovich Shelikhov(1747~1795)라는 이의 묘가 있다. 1784년 알래스카의 코디악 섬에 최초로 입도한 이방인이다. 하여 그를 '알래스카 최초의 발견자' 또는 '시베리아의 콜럼부스'라 칭한다. 탐험가라는 명칭을 그에게 부여하지만 기실 그는 상인에 지나지 않았다. 시베리아를 러시아의 경제 식민지로 만들고 금과 은 또는 다이아몬드의 광맥을 찾아서 단지 '유배자들의 거처, 가장 비참하고 황량한 벌판'인 시베리아를 뒤지고 다녔던 게걸스러운 행렬의 선두에 선 사람이었다. 그들은 총을 가졌고 150~200명쯤 되는 상단[illegible] 혹은 군대를 이끌고 원주민들을 회유하거나 학살했다. 특히 그들이 잡아다 파는 시베리아 담비의 인기는 모스크바를 비롯한 전 유럽의 최고 인기품목이어서 18세기 후반까지 러시아 국고의 10퍼센트를 차지할 정도였다고 하니 그들의 만행이 어느 정도였는지를 가늠할 수 있다.

그는 예르막 티모페예비치의 후손이었다. 예르막의 원정은 1582년도에 이미 시작되는데 그는 볼가 강의 해적. 거칠기로 유명한 코사크족의 우두머리였고 당시 러시아 황궁으로 들어가는 진상품까지도 탈취할 수 있는 힘을 가진 도적이었다. 이반 4세는 그에게 우랄산맥을 넘어 새로운 땅에 대한 개척을 맡겼다. 좁은 땅에서 해적질이나 하지 말고 더 큰 곳에서 새로운 수요를 만들어내라는 일종의 유화책이었다. 그들의 원정대는 1664년 오호츠크해까지 도달함으로써 "시베리아는 물질은 퍼 담고 인간은 내다 버리는 곳"이라는 러시아 정부의 요구를 성사시켰고 이후 잠자는 땅 시베리아를 황금밭으로 삼으려는 숱한 '사냥꾼'들의 동진 행렬의 도화선이 되었다.

그 행렬의 선두에 선 또 다른 이 중에 야코프 포하보프가 있다. 이르쿠츠크라는 도시를 설계했다는 사람인데 1661년 앙가라 강 기슭에 작은 요새를 세워 '사냥꾼'들의 전초기지를 제공했고 이후 러시아 극동과 유럽을 잇는 무역의 중심지가 되었다는 안내인의 설명이 있었으나 이미 그들이 오기 전에도 야쿠트인, 타타르인, 에벤키인, 칸티인, 만시인, 그리고 브리야트인 같은 시베리아 선주민들이 살았고 사냥꾼들이 금은보석에 갖가지 모피를 얻어 가는 만큼 선주민들의 숫자는 줄고 줄어 현재는 러시아 인구의 4퍼센트에 불과하다는 얘기는 듣지 못했다.

옆구리에 칼을 차고 늠름하게 광야를 응시하는 야코프 포하보프의 동

좌. 아쿠프 파알호프 동상. 우. 알렉산드르 콜차크 동상.

상은 이 도시 설립 350주년을 기념해 전망 좋은 앙가라 강 기슭에 세워졌다.

즈나멘스키 사원 입구 집시들이 머무는 자리를 비켜서면 알렉산드르 콜차크Aleksandr Vasilyevich Kolchak(1874~1920) 제독의 동상이 있다. 시베리아 여행을 안내받은 사람이라면 거의 무조건 추천받는 영화 〈제독의 연인〉(2008)의 실제 주인공이다. 영화는 "100년 간 감춰졌던 극비 실화 로맨스!! 전쟁도, 혁명도 막지 못했던 운명적 사랑이 대륙의 설원 위에서 펼쳐진다"라는 카피로 제2의 타이타닉에 비견될 만큼 기대를 모았지만 20세기 폭스라는 세계 최대의 제작사가 배급을 맡았음에도 흥행에서는 그리 재미를 보지 못했다. 실존 인물인 여주인공 안나 티미료바가 콜차크 제독에게 보낸 연서戀書 53통을 근거로 만든, 러시아 영화 100년을 기념하는 대작이었지만 그들의 애절한 사랑은 콜차크 제독의 군인으로서의 행적에 가려지고 결국 영화는 콜차크 제독의 전기 영화 성격을 벗어나지 못한다. 그는 우리의 역사로 보면 조선 말기의 장수 홍계훈과 비교가 가능할 듯하다. 임오군란(1882) 당시 별기군과의 차별 대우에 분노한 훈련도감 병사들의 표적이 된 명성황후를 피신시킨 공로로 중용되었고 갑오농민전쟁(1894) 때에는 동학 농민군을 진압했던 양호 초토사兩湖招討使로 전주성에서 녹두장군과 싸웠던 관군의 수장이다. 이후 훈련대장에 임명되었으나 을미사변(1895) 때 명성황후를 지키다가 일군에 의해 전사했다.

러시아 해군 사관학교 출신으로 러일전쟁에도 참가했던 콜차크는 1917년 러시아 혁명 당시에는 흑해 함대의 사령관이었다. 그해 11월 정치적 수난기에 잠시 미국 망명의 전력도 있으나 옴스크 혁명정부를 전복시키고 수반이 된다. 홍계훈이 철저하게 명성황후의 사람이었던 것처럼 콜차크는 철저하게 황제 니콜라이 2세의 사람, 백군의 수장이었다. "빵 한 조각의 자유. 땅 한 뼘의 소유"를 위해 목숨을 걸었던 노동자의 군대(적군)를 섬멸하며 볼가 강 유역까지 진출했으나 다시 적군에 밀려 결국 1920년 2월 7일 한파로 얼어붙은 이르쿠츠크의 앙가라 강 위에서 총살당한다. 강 유역에 버려진 그의 시신을 누군가 육지로 옮겨놨고 2004년, 그 장소에 동상이 세워졌다.

사원 안의 성가는 포근했다. 촛불은 수없이 흔들렸고 그보다 더 간절한 러시아 여인의 기도 소리가 끊이질 않았다. 셸리호프나 콜차크, 이런 이들의 흔적은 이곳 즈나멘스키 사원에 어울리지 않는다고 생각했다.

그녀 앞에 예수가 있었다.
눈물 떨굴 만큼 포근하게……

민중과 함께 새로운 시대를 꿈꾸었던 이유로 시베리아 강제유형을 마다하지 않았던 데카브리스트 혁명가들의 증언이 잔잔한 이곳에서 '무장한 도적'이 되어 시베리아 광활한 대지를 자신의 치부 수단으로 삼았던 야심가들의 이름을 떠올리는 건 마치 고요하게 안개에 젖은 저녁숲길에서 한 무리의 취객들을 만난 것 같은 불쾌감 같은 것에 다름없다고 여겼다.

"무엇을 보려 하느냐. 보고 싶은 것을 보거라. 보고 싶지 않은 것이 있느냐. 그럼 외면하거라. 다만 기억하거라. 네가 외면한 그곳을 위해 기도하다가 십자가에 못 박힌 누군가가 있다는 사실을."

즈나멘스키 사원의 예수는 내게 그렇게 속삭이는 듯했다. 촛불 너머로 인자한 웃음을 짓는 예수를 바라보는 여인의 눈에서 물기를 보았다. 두 손을 모으고 오랫동안 한 곳만을 바라보던 여인은 세상의 모든 슬픔을 모아 몇 방울씩 눈물로 떨구는 것처럼 보였다. 다시 예수가 속삭이는 듯했다. "초라한 행색으로 구걸하는 집시를 보았느냐. 피 흘리는 내 발목을 잡고 기도하는 여인을 보았느냐. 삶의 전부를 유배지에서 보낸 여인을 보았느냐. 그럼 됐다. 그들을 통해 너를 보았지 않느냐. 보고 싶지 않은 것이 있다고 했느냐. 그럼 보지 말아라. 네가 도적이라고 불렀던, 학살자라고 불렀던, 민중의 탄압자라고 불렀던 그들은 내가 살피마. 그러니 너는 너의 역사를 살아라."

내가 외면하고 힐난했던 세상의 숱한 이름들을 위해, 예수는 촛불 아래 두 손 모으는 그 여인의 눈물을 통해 끊임없이 기도하는 듯 보였다. 그제야 나의 입에서도 짤막한 기도가 흘러나왔다.

"미안합니다, 그리고 고맙습니다." 평화의 길을 찾아 시베리아에 왔으나 한순간도 평화롭지 못했던 나에 대한 반성의 기도였다.

왜 그리운 것들은
발자국 뒤편을 서성거리는지

· 이르쿠츠크의 밤, 그리고 놀라운 오믈회 ·

"오물이요? 그 맛있는 음식이 수만 가지 이름을 놔두고 왜 하필 오물입니까"
"오물汚物이 아니구요, 따라해 보세요. 오믈. 오~오믈omeul."
"바이칼은 오물 천지라는데 이렇게 깨끗해도 되는 겁니까? 하하."
리스트뱐카로 가는 버스 안에서 안내인과 나눈 대화이다. 오믈은 시베리아에서 가장 흔한 생선이다. 연어과로 분류되어 있으나 연어만큼 크지 않고 색깔도 붉은색을 띠지 않는다. 고등어보다는 조금 큰데 맛은 보통 횟집에 가면 밑반찬으로 나오는 청어구이와 닮았다.

스파스카야 성당.

왜 버스 안에서 '오믈'이란 이름을 가지고 농을 걸었는지는 기억할 수 없다. 아마 그 이름을 떠올리면 반드시 따라와야 하는 시원한 러시아산 맥주나 보드카 한잔이 간절했던 시점이었을 게다. 지난밤 인투어리스트 호텔에서 마신 술은 맥주였다. 그것도 발치카 7 생맥주. 오후 4시쯤이면 이미 어둑해지는 이르쿠츠크의 겨울밤은 길었다. 간간이 눈발이 흩날리는 앙가라 강변을 거닐다가 시베리아 횡단열차의 첫 삽을 떴다는 알렉산드르 3세 동상도 보고 가지에 쌓인 눈의 무게를 견디며 한 겨울을 보내는 전나무 숲속의 스파스카야 성당에도 들렀다. 이르쿠츠크

주 정부 청사 앞의 키로프 광장은 모든 것이 얼어 있었다. 눈 덮인 벤치엔 사람이 다녀간 흔적이 없고 화려하게 장식한 카페의 불빛은 아직 들어오지 않았다. 파이프 오르간 홀이 있어 공연이 자주 열린다는 가톨릭 교회의 문도 굳게 닫혀 있고 어쩌다가 마주치는 러시아 연인들의 팔짱도 경직되어 있다. 얼어붙은 풍경과는 달리 만나는 러시아인들마다 환한 웃음을 지어 보였다. "많이 춥지요? 우리도 추워요, 그래도 좋지 않아요? 견딜 만한 세상이 있다는 게." 먼 곳에서 온 이방인을 다독이는 듯한 그들의 속내가 그들이 입고 있는 두터운 모피만큼이나 따스하게 다가왔다.

2차 세계대전 참전 기념비를 지나 영원의 불꽃(베츠니이 아곤)이 있는 곳에서는 막 결혼식을 마친 부부 일행을 만났다. 신랑 측은 이미 불콰해져 있었는데 그들의 손에는 반쯤 남은 보드카 병이 들려 있었고 신부 친구들은 신부의 옷매무새를 고쳐주며 내내 웃고 있었다. 짧은 영어로 "결혼을 축하해요. 오래오래 행복하게 사세요." 건넨 내 덕담에 신랑은 갑자기 다가와 악수를 청했고 다들 기분 좋은 말투의 단어들을 쏟아냈다. 물론 러시아 말이라 하나도 알아들을 수는 없었지만 그들이 내뿜는 하얀 입김이 차가운 광장에 서 있는 이들을 포근하게 해주는 것만큼은 틀림없었다. 수은주는 여전히 영하 37도시.

이른 저녁 식사 후엔 이르쿠츠크 대공연장으로 향했다. 뮤지컬 〈알리바바와 40인의 도둑〉을 보기 위해서다. 사회주의 예술의 최고점인 러시아의 모든 공연은 겨울에 이루어진다. 백야에 가까운 여름철에 거의 모든 예술단들은 외국 공연을 통해 돈을 벌고 밤이 깊은 겨울엔 러시아 전역을 순회하며 공연한다. 볼쇼이 발레단 혹은 볼쇼이합창단, 붉은 군대 합창단red army chorus 노보시비르스크 오케스트라. 이름만 들어도 설레는 세계 최고 수준의 예술을 현지에서 감상하는 일은 전율을 느끼기

알렉산드르 동상.

에 충분한 경험이다. 애초 이들의 공연을 보고 싶었으나 내가 체류하는 기간 동안 이들의 공연은 열리지 않았다. 어림잡아 800석쯤 돼 보이는 공연장엔 빈자리가 없다.

모피코트의 경연장이라 할 만큼 공연을 관람하러 온 거의 모든 여성들이 모피코트를 입고 있었는데 공연장 지하엔 외투를 보관하는 곳이 따로 있어서 관객들은 의무적으로 그곳에 외투를 맡겨야 한다. 보관료가 따로 있긴 하지만 입장료 포함해서 약 500루블(미화 20달러 정도)쯤 한다니 그리 부담되지도 않는다.

공연은 기대 이상이었다. 주연 배우들의 노래와 합창, 아크로바틱한 장면을 연출하는 무대나 섬세한 조명까지 무려 100여 명이 넘는 듯한 배우와 스태프들의 호흡은 내가 미처 짐작하지 못했던 러시아 예술의 깊이를 고스란히 전해 주었다. 뮤지컬의 대사는 못 알아들어도 상관없다. 〈알리바바와 40인의 도둑〉은 어릴 적부터 귀에 못 박히게 들었던 〈아라비안 나이트〉의 주요 레퍼토리였으니까.

호텔엔 나이트클럽이 있고 덩치가 크고 다소 위압적인 호객꾼도 있었다. 그들을 지나 잔잔한 음악이 흐르는 바bar에 앉아 생맥주를 주문한 시간은 10시 반쯤, 말린 과일 안주와 함께 들이키는 발치카 7의 묘미는 쉽게 표현하기가 어렵다. 밤새워 사케를 들이키고 늦게 일어난 도쿄의 아침, 일본 라멘과 함께 마시는 삿포로 생맥주의 거품. 그 고소함을 생

저물 무렵 공연 관람이 일상인 그들이 부러웠다.

맥주의 최고로 여겼던 내 입맛은 어느새 고단한 일정을 마치고 돌아온 호텔, 영하 40도의 시베리아 혹한酷寒을 밖에 세워두고 '이국의 밤을 위하여'를 외치며 들이키는 발치카 7의 싸리함 쪽으로 옮겨간다. 여긴 이르쿠츠크 아닌가. 자정. 호텔 밖으로 나가 "딱 한 잔만 더"를 외칠 시간이다. 적당히 취기가 오른 일행은 다음 일정을 위해 숙소로 돌아가고 심야형 인간인 나는 이제 혼자다.

호텔 문을 나선다. 환절기 일교차가 10도시만 돼도 감기 걱정에 옷깃 여미던 서울 촌놈인 나는 실내온도 25도시 바깥온도 영하 45도시, 순간적인 온도 차이가 무려 70도시에 육박하는 이르쿠츠크의 밤공기를 맘껏 들이키며 앙가라 강변을 걷는다. 들숨과 날숨에 배어든 한기가 코끝을 아릿하게 만들면 그저 "아 춥다." 그 말 한마디만 하면 된다. 구차한 사족 없이 단 한마디 말로 모든 것이 표현되고 또 이해되는 거리가 있다는 것이 꿈같다.

왜 그리운 것들은 다들 지나온 발자국의 뒤편을 서성거리는지. '뽀드득 뽀드득' 선명하게 눈발 위로 찍히는 발걸음을 돌아볼 때마다 두고 온 이름을 떠올렸다. '당신'이란 말, 그 안에 포함된 숱한 인연들은 노선버스 하나 다니지 않는 거리, 가로등 불빛조차 희미한 이곳에서 때론 먼 곳으로부터 전해온 안부가 되거나 때론 손 뻗으면 금방 잡힐 듯한 강변의 별빛이 되어 내 심야의 방황 길을 안내했다. 단 한 번의 세찬 바람이 불고 눈송이의 무게를 못 이긴 전나무 가지가 와락 부러지는 소리를 들었다. 나뭇가지를 부러트린 눈발이 다시 바람에 흩날리며 어깨를 덮는다. 내 삶에 가장 추운 날이다. 이렇게 추운 날 이렇게 행복할 수 있다는 게 또한 꿈같다. 이제 더는 추워하지 않아도 되겠다 싶다.

적당한 취기를 혹한에 빼앗기고 얼얼해진 볼을 부비며 호텔로 들어올 즈음 작은 간판 하나를 만났다. 호텔보다는 훨씬 조용하고 아늑한 건물

2층의 카페였는데 규모보다 소박한 간판, 거기에 어울리는 스물 몇 살 웨이트리스의 상냥한 웃음, 그녀가 건네주는 생맥주 한 잔은 '설렘' 그 자체다. 말이 안 통해도 괜찮다. 인간의 소통 도구 중 언어가 차지하는 비중은 고작해야 20퍼센트에 지나지 않는다. 표정과 향기 몸짓 같은 더 훌륭한 도구들이 많기 때문이다. 그녀가 왔을 때 나는 맥주 마시는 시늉을 했다. 그녀가 맥주를 들고 왔을 때는 메뉴판을 보여 달라는 몸짓을 했다. 그것만으로 우리의 얘기는 충분하다. 그녀가 메뉴판을 들고 내 맞은편 의자에 앉아 내 선택을 기다렸다. 그때 보았다. 메뉴판 맨 아래 작은 접시에 올려놓은 것은 분명 '회'다. 약간 푸석한 식감에 비릿한 향기, 사흘 정도 숙성시킨 고등어회 같은 입맛, 어종도 맛도 중요하지 않다. 대륙의 중심 이르쿠츠크의 한복판에서 그것도 심야의 추위를 배경으로 회를 먹을 수 있다는 게 얼마나 놀라운가 말이다.
열서너 점밖에 안 되는 안주를 아껴 아껴 먹으며 생맥주를 세 잔쯤은 더 들이켰다. "바다가 천국보다 먼 이곳에서 회라면 틀림없이 오물회다, 오물회. 아마 오물회에 맥주 마셔본 한국 사람은 나밖에 없을걸." 혼잣말로 중얼거리다 보니 어느새 키득키득 행복한 웃음이 새어나왔다.

사면 바위의 전설 위에서 생각났다. '그 여자'

· 리스트반카 1 ·

"'앙가라'라는 이름을 가진 모든 것들은
이 추운 날에도 얼지 않는 거란다."

앙가라 공주가 울고 있었다. 삭풍朔風이 한 번씩 귀때기를 스칠 때마다 그녀는 눈물을 한 모금씩 쏟아냈는데 그 눈물은 금세 얼어붙어 리스트뱐카로 가는 언덕길에 짙은 안개가 되었다. 예니세이를 사랑했다던가. 336명의 사내 형제들 틈에서 유일하게 공주로 태어난 바이칼 신의 딸. 지척에 있는 이르쿠트라는 젊은 청년과는 이미 정혼한 사이. 그러나 그녀에게 사랑은 너무 멀리 있었다. 한 번도 만나보지 못한 사람, 바이칼보다 훨씬 큰 대지를 관장한다는 북극의 예니세이를 먼발치에서 들려오는 소문만으로도 사모하게 된 앙가라 공주는 어느 밤 아버지 몰래 사랑을 찾아 길을 떠난다.

금지옥엽이 따로 없이 소중하기만 하던 딸이 단 한마디의 인사도 없이 떠나는 모습을 본 아버지 바이칼은 크게 노한다. 그녀가 가는 길을 막기 위해 돌을 던졌는데 무심한 돌은 그만 공주의 심장을 향해 날아갔고 절명한 그녀는 그 자리에서 바위가 되었다. 바이칼 호수는 336개의 지천이 흘러들어와 오직 앙가라 강을 통해 예니세이 강을 거쳐 북극으로 흘러가는데 앙가라 강이 막 시작되는 지점에 있는 샤먼 바위가 아버지의 분노에 절명한 앙가라 공주의 몸이다. 사랑하는 이의 숨결을 느끼고 싶었던 젊디젊은 처자의 간절함을 이해 못 할 바는 아니지만 그보다는 딸아이의 일탈을 두고 볼 수 없어 돌을 던진 부모의 마음이 더 와 닿는 나이가 되어버렸다고 허탈해하며 샤먼 바위 주변을 걷는다.

돌아보면 나도 누군가의 금지옥엽 같은 딸을 홀린 적이 있었다. 나는 예니세이와 같은 풍모를 지니지 못했으나 나를 예니세이로 착각해주었던 그녀가 있었고 그 덕에 나는 말 안 듣는 딸의 무모한 길을 막아야 하는 아버지 바이칼 신의 마음을 조금은 이해할 수 있는 아버지가 되었다. 그래서일까. 어차피 인류가 생길 때쯤부터 수많은 첨삭과 각색을 거쳐 전해온 이야기이니 재미 혹은 상식 정도로 들으면 그만이지만 나에게도 덧붙일 권한이 주어진다면 이 전설의 말미에 매정한 아버지로 비치는 바이칼 신을 변명하는 구절 하나쯤은 넣고 싶었다.
"도망치는 딸 앙가라 공주에게 던진 돌은 아버지 바이칼의 심장이었어. 여전히 딸을 지극히 사랑하는 아버지의 심장은 지금도 뛰고 있는 거야. 그래서 '앙가라'라는 이름을 가진 모든 것들은 이 추운 날에도 얼지 않는 거란다."
그때는 봄이었다. 갓 피어나는 꽃 이파리가 최루탄 가루에 덮여 숨죽이다가 다시 봄비에 새 힘을 얻어 꽃봉오리 더욱 몽실해지던 날. 탈춤 추는 여자를 만났다. 하얀 원피스에 흰 구두를 신고 처음 배우는 봉산탈춤 춤사위를 땀 뻘뻘 흘리며 따라하던 그 여자의 모습을 본 후 나는 사람에 대한 두려움을 알았다. 그 여자를 뒤에서 바라보기보단 그 여자에게 먼저 내 모습을 보여주고 싶어 함께 걷는 무리에서도 늘 앞서서 걸었고 그 여자의 이름을 두려움 없이 부르는 것이 불가능하다는 것도 처음 알았다. 혹여 누구에게라도 내 마음 들킬까 조심스러워 아무에게도 말 못 하던 숱한 날이 지나고 하얀 달빛이 가로등 그늘에 가려 빛을 잃던 골목길에서 그 여자와만 만났던 그 짧은 독대의 시간에 그만 나도 모르게 내 마음을 중얼거렸다.
그해 유월. 지금은 아무렇지도 않은 말이 왜 그리 두려웠던가. 다행히 그 여자는 나의 마음 모두를 이해한다고 말했다. 당시 열심히 활동했던 노래 모임도, 앞으로 있을 노래 활동가의 길도 사랑할 수 있다고 말했다. 앞이 보이지 않는 짙은 안개 길을 더듬거리며 갈 수 밖에 없는 사람은 늘 자신의 발걸음에 신중한 법이라고. 참 오랫동안 하고픈 말 참아주어서 고맙다는 말도 덧붙여주었다. 빈 주머니 뒤적여 1000원짜리 머리핀을 선물로 주면서 얼마나 미안했던지. 그 여자를 바래다주고 오는 길, 막차 끊긴 그 먼 길을 어떻게 걸어 가냐고 울먹이던 그 여자를 다독이면서는 또 얼마나 쓸쓸했는지. 우리 함께 살게 되면 달동네 산꼭대기에 신혼집을 차리자던 나의 무례한 제안도 섭섭한 내색 없이 고개 끄떡여주던 사람이었다. 하여 딱히 누구에게 큰 신세를 져본 적 없이 꿋꿋이 살아왔다고 자부하는 날이면 유독 그 여자만 감내해야 했던 나의 수많은 잘못이 주머니의 송곳처럼 마음을 찌르곤 했다. 오직 그 한 사람을 위한 노래를 만든 적이 있었다.

"아픔과 슬픔 모두 보듬어 사랑으로 나누어주는 가장 가난한 마음으로 이 세상을 살아요. 메마른 절망 이기며 삶의 향기로 살아오시는 그대 들꽃이여 그대 사랑이여."(이지상 3집 《위로하다 위로받다》 중 〈들꽃〉)

다시 돌아보면 가난한 이를 위해 사는 일도 좋고 가난한 이와 함께 사는 일도 좋지만 가난한 사람이 되어 사는 일은 참 어려운 일이라고, 그래도 당신의 일은 마른 땅에 꽃씨를 뿌리는 일이라고 추켜세워주는 그 여자의 말에 하루하루 처진 어깨 다시 세우며 살아온 날이었다.

나는 예니세이가 아니었지만 그 여자가 내게 온 과정은 앙가라 공주와 닮았다. 그렇다고 그 여자의 아버지가 돌을 던져 내친 것은 아니었다. 다만 자신의 심장을 던져 지금도 혹한의 추위로부터 딸을 지키고 있는 아버지 바이칼의 부정父情을 그 여자도 그 여자의 아버지로부터 훔쳤다는 것은 명백하다.

바이칼의 수변은 얼지 않았고 출렁이는 얕은 파도로 인해 샤먼 바위 주변이 흔들렸다. 샤먼 바위 전설의 끄트머리는 내가 각색한 것임에도 나는 앙가라 강이 얼지 않은 이유가 바이칼 신의 심장이 2500만 년 전부터 뛰고 있었기 때문이라고 착각한다. 그 후로부터 지금까지 자신으로 인해 바위가 된 딸의 얼굴을 쓰다듬고 있는 것이다. 샤먼 바위는 둘레가 약 200여 미터가 되는 앙가라 강의 상징이었다.

그대의 사랑은 바이칼의 물안개를 닮았소, 아픈 상처 보듬어주는.

1957년 이르쿠츠크 댐이 건설되고부터 수위가 올라가 지금은 공주의 얼굴만 가까스로 확인할 만큼 초라하게 되었지만 그 의미만큼은 샤먼의 고향 브리야트족에게는 여전히 살아 있다. 옛날엔 인근 마을의 죄인이 있으면 샤먼 바위 꼭대기 위에 몸을 묶어 하룻밤을 지내게 했다고 했다. 죽을 만큼의 원한을 샀다면 누군가 한밤중에라도 찾아와 죄인의 목숨을 빼앗았을 것이지만 아침까지 살아 있으면 살 만한 이유가 있겠거니 하고 풀어줬단다. 지나치게 관대한 듯도 하지만 죽음 앞에 두렵지 않은 사람이 어디 있겠는가, 죽는 자든 죽이는 자든. 법전이나 정치적

겨울에 갇혀 더욱 신비한 저 눈꽃 나무들.

이익에 갇혀 무고한 인사들을 가두거나 처형했던 우리의 현대 사법사를 비춰볼 때 오히려 합리적이지 않을까.
한바탕 눈보라가 휘날렸다. 바람의 방향을 쉽게 볼 수 있는 것은 바람이 안개를 몰고 다니기 때문이다. 짙은 안개를 몰고 호변을 휘젓던 바람은 이내 언덕을 타고 올라가 주변의 모든 나무들을 하얗게 물들였다. 상고대rime. 해가 뜨면 사라지는 눈꽃이 아니라 적어도 일 년의 반쯤은 저 상태로 꿋꿋하다고 하니 저 나무들은 전나무가 아니고 자작나무가 아니고 차라리 '눈꽃 나무'라고 불러야 옳다.

그 여자가 있는 여름

· 리스트반카 2 ·

꽃은 정직하다. 피어야 할 때를 알지만 돌아가야 할 때는 더 정확히 안다. 나무는 정직하다. 뿌리가 견딜 수 있을 만큼만 가지를 뻗는다. 구름은 정직하다. 물방울이 모인 정도를 잘 안다. 미리 비를 뿌리는 일도 없지만 모인 것 이상의 빗방울을 뿌리는 일도 없다. 물은 정직하다. 물길이 막히면 돌아가고 그것도 막히면 더 많은 물을 기다렸다가 둑을 넘어간다. 모든 자연은 정직하다. 내가 아는 한 자연계에서 오직 인간만이 정직하지 못하다. 그러나, 그러나 그녀는 정직했다.

'그 집 이름이 뭐였더라?' 어차피 러시아어로 씌어 있는 간판을 읽을 능력이 안 되니 그냥 그녀가 사는 카페라고 해두자. 후덥지근한 더위를 무마시키기 위해 들어선 카페. 청초한 자태의 그녀는 조용히 앉아 책을 읽고 있었다. 이십대 초반쯤으로 보였는데 문을 열고 들어간 이방인을 흘낏 한 번 쳐다보고는 "어서오세요" 따위의 흔한 인사도 하지 않았다. 테이블이 열 개쯤은 되는 규모였는데 손님은 없었다. 창가에 자리를 잡고 메뉴판을 만지작거리며 시원한 생맥주 한잔을 주문하려다가 그만두었다. 어딜 가도 "사랑합니다, 고객님"은 아니어도 제복을 입은 종업원이 메뉴판을 내보이며 상냥하게 웃는 정도의 서비스(?)가 보장되는 나라에서 왔다. 기업의 이익을 위해서라면 자신의 간이라도 내어줄 듯 무릎을 꿇거나 90도로 머리를 숙이는 일이 고객을 대하는 기본적인 태도라는 걸 교육시키는 나라에서 살던 나는 카페의 그녀가 물이라도 한잔 들고 와 웃으며 내 주문을 기다려야 한다고 생각했는지도 모른다.
화창하게 맑은 구름이 프리모르스키 산맥의 언저리를 휘돌고 시원하게 푸른 물살을 가르며 배가 드나들었다. 그 청아한 장면을 바라보면서도 나는 리스트뱐카의 카페 구석에서 생맥주 한잔을 가져다줄 그녀를 기다렸다. 당연히 그녀는 오지 않았다. "제부시카." 결국 내가 그녀를 불렀을 때 그제야 흠칫 놀란 표정의 그녀가 책에서 눈을 떼었다. '아~. 혹시 내가 그녀에게 미안한 일을 한 건 아닐까'라는 생각을 한 게 그때였다. 그녀는 시원한 음료들을 가지고 있고 나는 돈을 가지고 있다. 타는 목을 축이기 위해 돈을 마실 재간은 없으니 단순한 교환가치인 돈을 들고 가 그녀에게 맥주를 한잔 달라고 얘기하는 게 순서에 맞는 것이 아닐까. 그리고 그녀가 환한 웃음으로 화답해야 비로소 거래가 성사되는 게 아닐까.
문득 고 김남주 시인의 시 「똥파리와 인간」의 한 구절이 스쳐갔는데— "똥파리는 똥이 많이 쌓인 곳에 가서 웽웽거리며 떼 지어 산다. 인간은 돈이 많이 쌓인 곳에 가서 웅성거리며 떼 지어 산다."— 이 좋은 곳에 와서 웬 똥파리 타령인가 싶다가도 호주머니에 돈 몇 푼 들었다고 사람을 부리려 했던 내가 그만 부끄러워지기도 한 것이다.
허나 어쩔 수 없는 일이다. 나는 "단 한 명의 현자賢者가 수백만 명을 먹여 살린다"라는 격언을. 그래서 수백만 명은 그 현자를 향해 당연히 머리를 조아려야 한다는 문제의 그 격언을 아무렇지도 않게 설파해대는 나라에서 태어났으니까. 잠깐의 생각에 빠져 있는 틈에 벌써 그녀는 화사한 웃음을 지으며 내 앞으로 왔다. 스무 살 앳된 얼굴에 홍조까지 띠고 있는 그녀에게 나는 간단한 손짓으로 생맥주를 주문했고 그녀는 한 잔을 다 마시는 동안 몇 번의 눈 마주침이 있을 때마다 예의 환한 웃음을 잃지 않았다. 뮤직박스도 있어 저스틴 비버Justin Bieber나 머라이어 캐리Mariah Angela Carey 같은 음악이 흘러나왔는데 주머니 속의 동전을 털어 내가 제일 먼저 고른 곡은 〈For the peace of all mankind(albert harmond)〉였다. 물론 그녀의 도움을 받아서. 김윤아가 부른 〈봄날은 간다〉나 지영선의 〈가슴앓이〉 같은 노래가 있었다면 얼마나 좋았을까.
자연에 있어 승자와 패자의 몫은 분명하지만 패자가 승자에게 자신의 삶을 구걸하는 예는 없다. 그렇다고 승자가 모든 것을 독식하면서 패자

위에 군림하는 경우도 없다. 자연에 속한 모든 것들은 각기의 욕망을 채우면서 살지만 다행히도 욕망의 크기란 게 고작 일용할 양식 정도다. 배부른 사자는 눈앞을 지나가는 얼룩말에 관대하다. 마하트마 간디가 말했다. "자연은 모든 이들의 필요를 충족시키지만 한 인간의 욕망은 충족시킬 수 없다"고. 하여 나는 언제부터인가 스스로 욕망하지 않는 자연을 신으로 여기기 시작했고 인간이 정직해지는 첫 발짝은 모든 인간이 자연을 하느님으로 모시는 그 순간부터일 거라고 믿었다. 리스트뱐카의 그녀는 선한 눈매를 지녔고 전혀 어색하지 않은 웃음을 가졌다. 거대한 바다, 성스러운 호수를 드나드는 배와 어부의 쉼터에 가장 잘 어울리는 몸짓을 지닌 그녀에게서 나는 어떠한 욕망의 흔적도 찾을 수 없었다. 고마웠다. 생맥주 몇 잔을 더 마시고 계산을 마치고 나오면서는 자연을 닮아 정직한 그녀에게 고작 종잇조각 몇 장을 내밀며 이런 행복을 가져도 되는가 싶을 정도로.

리스트뱐카 항구에는 큰 노천시장이 열린다. 대개는 생필품과 자작나무나 바이칼 옥으로 만든 기념품을 파는 가게가 많은데 역시 으뜸은 오믈구이다. 오믈구이 집들은 따로 모여 있는데 멀리서만 봐도 피어오르는 연기와 냄새 때문에 그곳을 그냥 지나칠 수는 없다. 보드카 한잔이 온 내장을 훑으면 곧바로 오믈구이 한 점이 그 상처를 위무하며 지나간다. 그렇게 우리는 순간순간의 생채기를 위로라는 말로 치유하며 산다. 더군다나 위대한 바이칼의 산물이 내장 속으로 들어올 때의 감흥보다 더 큰 위로를 찾는다는 것은 불가능한 일이 아닐까 싶다.
유람선을 탔다. 화창했던 날씨가 금세 어두워지더니 빗방울이 조금씩 떨어지기 시작했다. 배가 지나가는 곳만 그랬다. 앙가라 강으로 향하는 수평선 위에는 햇볕이 가득했다. 선상에서는 누군가 오믈구이를 펼쳐

놓고 잔을 건넨다. 술잔에 몇 방울의 빗물이 떨어졌다. 그 숫자를 헤아리며, 세상이 아름다운 것은 자연을 품은 아름다운 사람들이 많기 때문이라는 걸 새삼 되뇐다. 좋은 날이다. 호수를 가르는 뱃머리에서 가랑비를 맞으며 멀리 찬란한 햇살과 함께 보드카를 치켜들고 "건배"를 외치는 날을 내 인생에 다시 맞을 수 있을까.

"어디로 가십니까?" 묻지 못했다. 어차피
"안개 속으로 가요"라는 대답을 마음속에 새겼으므로.

안개 속에서 안개 너머를 경외하다

· 바이칼 호수 박물관 ·

지난 여름 리스트뱐카는 안개의 천국이었다. 안개를 피해 귀항하는 배가 있는가 하면 안개를 따라 출항하는 배도 있었다. 바이칼의 갈매기가 지척을 날기도 했고 아이들은 안개 너머로 연신 돌을 던지며 즐거워했다. 가벼운 옷을 차려입었던 관광객들은 갑자기 내려간 온도에 덜덜 떨며 따스한 곳을 향해 줄달음쳤다. 한여름 7월 말에 수은주는 12도. 리스트뱐카에 오기 직전에 들른 바이칼 호수박물관도 안개에 휩싸였다. 버스가 가까스로 가시거리를 확보하며 작은 언덕을 올라 주차장에 닿았을 때 그때서야 모습을 보인 박물관은 주위를 둘러싼 침엽수림 안에서 안개를 가득 품고 있었다. 작은 건물임에도 마치 동화 속의 공주가 사는 성처럼 신비감마저 느끼게 해주었는데 그 안에는 바이칼에서 사는 각종 동식물의 종류와 표본이 전시되어 있고 바이칼과 주변의 생태 현황이 자세히 소개되어 있었다. 이를테면 이런 것들이다. "바이칼에는 1800여 종의 동식물이 분포하고 있는데 그중 1300여 종이 바이칼에서만 서식하는 생물이고 조류도 326종이 된다." "어류만 치자면 7개과科 50종이 있고 둑중개과科에 속하는 25종이 대부분이며 오믈이나 갈랴만카, 어른의 손마디만 한 작은 새우 에피슈라가 여기에 속한다. 바이칼의 수심이 맑은 이유는 개체수가 가장 많은 에피슈라가 청소부 역할을 하기 때문이고 몸길이가 1.8미터나 되는 철갑상어도 산다." 세계의 호수를 비교한 도표도 있는데 바다의 투명도로는 버뮤다 삼각지대로 유명한 아득한 바다 사르가소해가, 호수로는 바이칼이 제일이고, 고도高度로는 아르메니아의 세반 호수(해발 1918미터)가, 깊이로는 바이칼(1637미터)이, 넓이로는 북미의 슈피리어호가, 담수량으로는 바이칼이 최고 등등.

내가 경험한 통계란 대개는 비교를 위한 수치에 불과했다. '우리는 당신보다 낫다'는 우월감의 표현이기도 했지만 '우리는 아직 갈 길이 멀었습니다. 우리보다 앞서 가는 저들을 보시오.' 따위의 성장 이데올로

먼 곳을 응시해야 안개였다.
다가가면 내 시야에서 안개는 곧 사라졌다.

기를 앞세우는 사람들이 지닌 주요 자산이기도 했다. 70년대부터 선진국으로 가는 문턱이라고 우겨댔지만 40년이 지나도록 우리는 여전히 선진국의 문턱에서 서성대고 있다. "경제가 어려운 상황에서 무슨?"이라는 90년대 이후 최대의 언어폭력은 새로운 시대를 살고자 하는 수많은 민초들의 요구를 단박에 무너뜨렸고 인간의 가치를 '무슨 돈이든 일단 끌어 모으고 보는' 존재로 전락시켰다. 거기에 통계가 존재했다. 국민소득 얼마 혹은 세계 경제 규모 몇 위 같은 숫자는 '저녁이 없는 삶'을 사는 민초들의 일상과 무관했다, 다만 주식 값의 폭락으로 10대 재벌총수의 재산이 한 주 만에 1조 5000억 원이 증발했다는 가십거리가 뉴스의 톱을 차지하는 지경에 직면했다.

인간이 만들어낸 것이 상품화되는 순간 그 모든 것은 수치로 변해 통계

가 된다. 그러나 그 통계 때문에 행복해하는 사람은 많지 않다. 인간이란 상품을 만들고 팔아야만 생존이 가능한 존재 이외에 다름 아님을 통계가 역설적으로 증명하고 있기 때문이다. 그나마 인간이 인간의 삶을 조명한 통계들은 봐줄 만하다. 자연이 만든 것 중 인간이 셈할 수 있는 것은 아무것도 없다고 믿는 나는 자연을 수치화하는 인간의 통계를 거의 믿지 않는다. 머리가 무거워질 때쯤이면 나는 내 머리카락의 개수를 궁금해했었지만 정확히 셈할 수 없다. 내 몸에 있는 세포가 몇 개쯤 되는지 내 몸을 휘젓고 다니는 혈액의 총량이 얼마인지 나는 수치화할 수 없다. '대략 몇 개쯤'이라는 연구자들의 수치를 그러려니 하고 받아들이는 수밖에 없다. 하여 바이칼 호수 박물관 안에 꽤 많은 통계들이 진열되어 있었지만 단순 간략하게 서술하는 건 순전히 통계가 인간을 행복하게 만들어주지는 못한다는 생각에 그 이유가 있다.

수족관에는 '네르파нерпа'가 헤엄치고 있다. 민물에 사는 유일한 물개로 세계적인 멸종 위기종이다. 바이칼 호수가 북극해와 연결이 되었던 40~50만 년 전부터 살았다는데 아주 오래된 이야기라 귀에 들어오진 않지만 그렇다고 좁은 수족관을 유영하는 모습이 답답해 보인다는 감상도 접기로 한다. 건물 밖은 안개 숲, 내가 볼 수 있는 거리는 100여 미터 안팎이다.

자연을 탐험해왔던 인간의 시야도 고작 그 정도라고 여긴다. 그래도 그게 어딘가. 바이칼을 인간의 눈으로 볼 수 있는 최대치가 그곳에 있어 감사한 마음.

체르스키 전망대를 오르면 발아래 짙은 안개를 두고 듬성듬성 솟아오른 산맥의 장관을 볼 수 있을 거라 기대했었다. 겨울철에는 스키장으로 이용한다는데 혹한의 계절에 누가 스키를 탈까 궁금해하면서 리프트를 타고 한참을 올랐으나 안개는 걷히지 않았다. 호변보다 자욱한 안개 때문에 시야는 더 좁아졌다. 기대를 접는 건 어렵지 않았다. 어차피 사는 날은 늘 안개였으니까. 안개 너머의 세상을 꿈꿔왔으나 안개는 내가 다가가는 거리만큼의 세상만 보여주었다. 돌아보면 삶의 계획이란 게 무색하게 의도한 일정은 지켜지지 않았고 그 자리는 '불확실성'이라는 또 다른 일정들이 차지했다. 그렇지만 그조차 내 생의 몫이었으므로 안개 속을 헤매긴 했으나 길을 잃지는 않았다.

안개는 전나무와 자작나무 숲 사이로 흘러 다녔고 때로는 앞서 걷는 이의 어깨 위에서도 춤추고 있었다. 숲 사이를 헤매는 안개의 길을 따라가다 보면 안개는 가장 합당한 수준의 숲을 내게 보여주었는데 그중에는 다정한 러시아 연인들의 수줍은 속삭임도 포함되어 있다. 어깨를 맞대며 안개 자욱한 자작나무 숲 사이로 사라지는 연인의 발걸음을 또 볼 수 있다면 체르스키 전망대는 일 년 내내 안개여도 좋겠다 싶다. 광활한 바이칼의 전경을 보고 싶다는 내 바람을 그곳에서 이루지는 못했지만 그래도 괜찮았다. 상상만으로도 안개 걷힌 또 다른 날의 경외를 꿈꿀 기회가 아직 사라진 것은 아니니다.

산맥으로는 지평선, 강물을 따라 수평선을 그으며 장대함을 뽐내던 바이칼의 속내를 보며 탄성을 질렀던 것은 구름 한 점 없이 청명했던 이듬해 여름이었다.

연인의 밀어를 바이칼은 들을 수 있을까. 볕 좋은 오후.

무욕하라, 그럼에도 이 겨울을 견딜 수 있다면 봄은 저절로 오는 것이다

· 리스트비얀카를 달리다 ·

"봄비 내린다고 봄 아니에요.
날 풀렸다고 봄 아니에요.
꽃이 피어야 진정한 봄이지요.

꽃은 저절로 피지 않아요."

눈발이 얼어붙어 순백의 장관을 이룬 바이칼의 상고대 앞에서 전에 끄적거렸던 낙서의 한 구절을 떠올렸다. 입김이 곧바로 흰 서리가 되어 귀밑을 물들이는 추위와 마주하면 저 나무에서 파란 싹이 돋고 또 저 나무에서 연분홍 꽃이 핀다는 사실을 믿을 수 없다.

잠시 호수는 잔잔하고 사방은 고요하다. 오직 눈 쌓인 나뭇가지를 흔드는 바람 소리만 존재할 뿐이다. '칼바람'이라고 해도 좋을까. 적당한 의성어를 찾기 어려운 바람 소리 속의 '칼'이 내 몸에 있는 세포의 구석구석을 찌르며 들어온다. 움츠렸던 어깨가 펴지고 두 팔 벌려 있는 힘껏 바람을 맞으면 '그렇겠지. 인간 사회의 희망이란 놈은 인간의 욕망보다 꼭 한 발짝 앞에서 아른거리며 지친 발걸음을 독려했으며, 이룬 것 없는 삶이지만 이룰 것이 많은 삶이어야 한다는 진화進化의 경계에서 늘 다짐의 방향을 정해주었으니 나도 저 나무처럼 나를 향해 부는 칼바람을 희망이라는 말로 받아 안을 수 있을까' 생각하다가 '욕망의 흔적'이라고는 찾을 수 없이 서리와 눈발을 뒤집어쓰고도 찬란한 상고대의 광경을 연출하는 호변의 눈꽃나무들은 봄이란 단어를 떠올리지 않아도 이미 봄눈春芽을 품고 있지 않은가 싶어지면 문득 지난날의 낙서가 부끄러워진다.

"꽃은 저절로 피지 않아요." 이 말을 쓸 때의 비장함이 있었다. 정체되어 한 치의 진보도 없는 나의 생활과 수십 권의 책을 읽고도 체화되지 않은 내 사고에 불만이 가득했던 시간이었고 모든 자연의 법칙을 파괴하고 욕망으로 가득 찬 인간의 법칙이 최고의 선이 되는 세상을 그저 바라만 보고 있었던 때였다. 뭐라도 해야 한다는 절박함. 멀뚱거리고 앉아 있느니 기어가는 시늉이라도 하고 싶었던 그때. 그래야 내가 그리던 자연自然을 닮은 사회에 다가갈 수 있다는 조급함을 스스로 위로하기 위해 썼던 구절이었는데 바이칼의 상고대는 이전의 내 생각과는 전혀 다른 위로의 말을 전하고 있었다.

> "무욕無慾하라. 그럼에도 이 겨울을 견딜 수 있다면 봄은 저절로 오는 것이다."

한 획을 긋는다고 해놓고 경계만 쌓았다. 내 삶이 그랬다.
리스트반카. 곧 사라지는 뱃길을 보며 반성.

바이칼의 전설, 잃어버린 내 영혼을 만날 것 같은 다락방.

호텔 이름이 기가 막히다. 바이칼의 전설Legend of Baikal. 중세 유럽의 거대한 성을 축소시킨 것 같은 외양에 가벼운 원피스를 입고 난로를 쬐던 아리따운 공주가 사랑하는 왕자의 소식을 듣기 위해 창문을 기웃거리는 듯한 다락방이 있는 곳. 저곳에 손님이 되어 하룻밤 묵으면 오랜 세월 잃어버린 사랑을 찾아 호수를 떠돌던 슬픈 연인들의 애틋한 독백을 들을 수 있을까. 일설에는 1959년 9월 흐루시초프의 역사적인 미국 방문으로 미소 정상회담이 이루어지면서 차후 아이젠하워의 소련 답방에 대비해 지어진 건물이라는데 나름 일리 있는 속설 정도로 들었다. 그만큼 냉전 이후 최초로 만난 두 정상은 캠프 데이비드에서 '화해와 평화를 위한 합의안'을 도출시킬 만큼 우호적이었고 흐루시초프의 제안에 따른 아이젠하워의 답방은 충분히 가능한 분위기였으니까. 그러나 결국 아이젠하워는 이 멋진 호텔을 이용하지 못했다. 아이젠하워가 미리 이 호텔을 보았더라면 대통령직을 내놓고서라도 꼭 와보고 싶은 곳이라고 말하지 않았을까.

이르쿠츠크로 돌아오는 버스 안에서 H교수가 마이크를 잡았다. 그녀는 독일에서 러시아 경제사상사를 전공했고 소속 대학 부설 러시아 연구소장을 역임한 그야말로 러시아통이다. 그녀와 함께 바이칼을 걷는 것만으로도 횡재를 한 셈인데 천생 학자다 싶게 조근조근한 성격을 지닌 그녀가 자발적으로 노래 한 곡 부르겠다고 나서는 순간 일행의 기대감은 얕은 탄성이 되었다.

"영광의 바다 거룩한 바이칼이여,
오믈omeul통을 타고 나는 가네.
이보게, 바르구진Bagruzin. 파도를 힘차게 저으시게.
이 도망자에게 항구는 아직 머네.

오랫동안 나는 영어囹圄의 몸이었고
아카투이 산은 나를 가두었지.
옛 친구가 나를 도와 비로소 자유임을 알았을 때
나는 환희의 깊은 숨을 들이마셨지.

실카Shilka와 네르친스크Nerchinsk도 이젠 두려움이 아닐세.
산지기도 나를 잡지는 못했고
사나운 맹수도 만나지 않았네.
추격자의 총알도 나는 피했네.
번잡한 곳을 피해 조심스레 밤낮을 걸었지.
시골의 처녀들은 내게 빵을 주었고
사내애들은 내게 담배를 주었지.

영광의 바다 거룩한 바이칼이여,
너절한 외투를 타고 나는 가네.
이보게, 바르구진. 파도를 힘차게 저으시게.
나는 폭풍 몰고 오는 천둥소리나 들으려네."

러시아 민요 〈The Holy Baikal〉이다. 이곳에 오기 전 자료 삼아서 찾아 들었던 노래. 굵은 바리톤 음성과 웅장한 화음으로 만들어진 볼쇼이 합창단의 노래와는 달리 그녀의 목소리는 도망자에게 빵을 건네는 소박한 시골 처녀의 손길과 닮아 있다.

"이 노래는 1848년 시베리아의 시인 드미트리 파블로비치 다비도프의 시에 선율을 붙인 것입니다. 당시 시베리아는 대부분 유형지였습니다. 고등학교 세계사 시간에 졸지 않은 분이라면 익숙한 이름 네르친스크

(1689년 청나라와 러시아가 맺은 최초의 국경조약이 체결된 곳)나 이 노래에 나오는 실카 강 유역, 그리고 이르쿠츠크가 대표적이지요. 잡범이나 살인범도 있지만 이곳에 유형을 당했던 사람들은 정치범들이 많았습니다. 바이칼 호수는 그들이 탈주할 수 있는 유일한 통로에 가까웠습니다. 물론 바이칼에 도착하기 위해서는 수백 킬로미터에 걸친 타이가 원시림을 헤치고 만년설이 뒤덮인 산맥을 넘어야 했지만요. 이 노래의 주인공은 탈주에 성공했지만 그렇지 못한 수많은 영혼들은 아마 저 바람을 타고 고향으로 가지 않았을까요."

창밖으로는 희끗희끗한 눈발이 날렸고 H 교수의 차분한 설명은 데카브리스트 혁명의 불꽃 세르게이 발콘스키의 집으로 오는 내내 귓가에 맴돌았다.

다산과 발콘스키가 만난다면

· 데카브리스트 박물관 ·

다산초당에 오른 적이 있다. 그해 첫눈이 내리기 전이니 백련사 동백꽃은 채 몽우리를 맺지 않았고 수백 년 된 나무의 뿌리들이 얽히고설킨 숲길 위로는 낙엽이 수북이 쌓인 때였다. 손위의 형 약종을 신유사화辛酉士禍(1801)의 순교자로 먼저 보내고 맏형 약전과는 나주 율정 삼거리에서 헤어져 홀로 150여 리를 걸었던 천주쟁이 정약용이 강진에서의 18년 유배 생활 중 11년을 보낸 곳이다. 전날 밤 강진 읍내에서 하루 묵으면서는 도종환의 「새벽 초당」을 읽었다.

초당에는 눈이 내립니다
달 없는 산길을 걸어 새벽 초당에 이르렀습니다

저의 오래된 실의와 편력과 좌절도
저를 따라 밤길을 걸어오느라
지치고 허기진 얼굴로 섬돌 옆에 앉았습니다
선생님, 꿈은 이루어지지 않습니다
무릉의 나라는 없고 지상의 날들만이 있을 뿐입니다
제 깊은 병도 거기서 비롯되었다는 걸 압니다
대왕의 붕어崩御도 선생님에겐 그런 충격이었을 겁니다
이제 겨우 작은 성 하나 쌓았는데
새로운 공법도 허공에 매달아둔 채 강진으로 오는 동안
가슴 아픈 건 유배가 아니라 좌초하는 꿈이었을 겁니다
그렇습니다 노론은 현실입니다
어찌 노론을 한 시대에 이기겠습니까
어떻게 그들의 곳간을 열어 굶주린 세월을 먹이겠습니까
하물며 어찌 평등이며 어찌 약분約分이겠습니까
그래도 선생님은 다시 붓을 들어 편지를 쓰셨지요
산을 넘어온 바닷바람에
나뭇잎이 몸 씻는 소리를 들으며 잠을 청하고
새벽에 일어나 찬물에 이마를 씻으셨지요
현세는 언제나 노론의 목소리로 회귀하곤 했으나
노론과 맞선 날들만이 역사입니다
목민을 위해 고뇌하고 싸운 시간만이 운동하는 역사입니다
누구도 살아서 완성을 이루는 이는 없습니다
자기 생애를 밀고 쉼 없이 가는 일만이
우리가 할 수 있는 진미진선의 길입니다
선생님도 그걸 아셔서 다시 정좌하고 홀로 먹을 갈았을 겁니다

텅텅 비어버린 꿈의 적소謫所에서 다시 시작하는 겁니다
눈발이 진눈깨비로 바뀌며
초당의 추녀는 뚝뚝 눈물을 흘립니다
저도 진눈깨비에 아랫도리가 젖어 있습니다
이 새벽의 하찮은 박명으로 돌아오기 위해
저의 밤은 너무 고통스러웠습니다
댓잎들이 머리채를 흔듭니다
바람에 눈 녹은 물방울 하나 날아와
눈가에 미끄러집니다

도종환, 「새벽 초당」(『세시에서 다섯시 사이』, 창비, 2011.)

발콘스키 박물관 입구.

허름한 여관방이었다. 심야 다큐쯤 방영되는 티브이를 틀어놓고 맥주 두어 병에 오징어 안주를 뜯으며 시를 읽었다. 초당으로 향하는 아침엔 나도 싸락눈 몇 방울쯤 맞았으면 하는 기대로 책을 펼쳤으나 "가슴 아픈 건 유배가 아니라 좌초하는 꿈이었을 겁니다. 그렇습니다. 노론은 현실입니다. 어찌 노론을 한 시대에 이기겠습니까. 어떻게 그들의 곳간을 열어 굶주린 세월을 먹이겠습니까"라는 대목을 곱씹으면 다산茶山의 좌절이 한 시대를 책임진 시인의 고뇌가 되고 또 한 시대를 살아가는 이의 절망이 되어 여관의 밤을 뒤척이게 했었다.

초당은 다산의 원대했던 꿈과는 다르게 소박하고 쓸쓸했다. 나이 갓 마흔, 새 세상을 열어보겠다던 청년의 다짐을 펼치지도 못한 채 부러진 나무가 되어 유배지에 버려진 중년의 사내는 이곳에서 154권 76책에 달하는 『여유당전서』의 대부분을 저술했다. 손끝을 떨며 붓을 들었을 것이다. 그러다가 눈이 희미해지고 붓끝이 무뎌지는 날이면 한양 도성에 두고 온 꿈을 그리며 자리를 박차고 일어나 서성거렸을 것이다. 자신을 오지 중의 오지, 이곳 강진 도암에 유배시킨 자들을 그는 어떻게 용서했을까. 찬란했던 동백의 계절이 다 지나고 흩날리는 꽃잎마저 책상머리에 날아드는 쓸쓸한 날들을 그는 어떻게 견디었을까.

"목마르다." 십자가에 묶여 그 한마디로 일생의 외로움을 고백했던 예수의 최후를 떠올린다. 가장 천한 곳에서 바다의 높이처럼 가장 낮은 삶을 살아온 모든 영혼들을 위로하기에 모자라지 않은 이 구절로 인해 세상은 구원받았다. 스물둘 청년 전태일의 마지막 말, "엄마 배고파요." 들릴 듯 말 듯한 목소리를 남기고 눈을 감았던 절박한 순간을 다시 떠올리면 유배생활 동안 지은 그의 모든 저작과 새날에 대한 간절함이 깃든 초당의 모든 것들은 여전히 나에게 희망이다. 초겨울 강진만에서 부는 갯바람이 나뭇가지를 흔들고 초당 마루에는 한 줌의 햇볕이 들었다. 그

별 아래서 낡은 외투 하나 덮고 졸고 싶었다.

발콘스키Sergey Gregoryevich Volkonsky(1788~1865)의 집을 찾았을 때 다산을 생각했던 건 꽤 의미 있는 일이었다. 동시대의 지식인이 가진 고뇌와 그로 인해 겪은 유배지의 삶을 비교할 수 있기 때문이다. 발콘스키는 그의 나이 서른일곱에, 다산은 서른아홉에 유배를 떠났다. 물론 다산은 발콘스키보다 스물여섯 해나 일찍 태어났다. 다산의 유배 이유는 고작해야 천주쟁이라는 것이었지만 정조의 개혁으로부터 밀려난 노론 세력이 실권을 회복하기 위한 음모에 연루됐다는 것이 정설이다. 반면 발콘스키는 그의 평생 동지 니키타 무라비요프, 시인 콘드라티 릴레예프, 트루베츠코이 공 등과 함께 나라의 체제를 뒤엎으려고 했던 혁명가였다. 1812년 사상 최대의 원정군(프랑스군 30만 명을 포함한 총 60만 명)으로 구성된 나폴레옹 군대를 모스크바 공동화空洞化 전략으로 물리친 러시아 군대는 곧바로 프랑스의 심장 파리까지 진격하게 되는데 그곳에서 '자유로운 삶'을 접하게 된다.
프랑스 혁명(1789) 이후 로베스 피에르의 공포정치에서 나폴레옹 황제의 제정 복귀 그리고 숱한 전쟁들을 치르는 불과 30년 과정의 프랑스 정치사가 이반 3세의 동북 러시아 통일 이후(1485년) 무려 320년 동안 '차르' 체제의 수호자로 함께해온 러시아 군대의 수뇌부들에게 어떤 '자유'를 선사했는지는 여전히 의문이지만 그들은 이른바 '조국전쟁(1812~1814)' 이후 권력의 오만과 부당한 사회 체제 개혁을 위한 혁명의 길에 나선다. 그들의 사상 깊은 곳에는 이미 '차르 체제' 전복의 불온한 꿈을 현실화시키기 위한 싸움에 인색하지 않았던 알렉산드르 라디시체프(1749~1802)나 알렉산드르 푸시킨(1799~1837) 같은 지식인들의 고뇌가 자리 잡고 있었다. 푸시킨의 시 '자유'를 읽는다.

“전제全帝의 자리에 있는 나쁜 자여,
그대를, 그대의 제위를 나는 증오한다.
사무치는 즐거움으로
나는 그대가 망해가는 꼴을
그대의 죽음과 시체를 지켜보리라.”

중학교 시절 내 연습장의 표지에 그의 시가 있었다. “삶이 그대를 속일지라도 슬퍼하거나 노하지 말라. 슬픔의 날을 참고 견디면 기쁨의 날이 오리니”로 시작되는 구절이었다. 이 시구가 한 혁명가의 불면의 밤 속에서 잉태되었다는 건 시베리아 기행을 통해서야 알게 되었는데 더 재미있는 건 우연히 길가다 발견한 푸시킨의 동상이다. 그것도 서울 한복판의 L호텔 광장. 푸틴 러시아 대통령의 서울 방문을 기념하기 위해 세웠다는데 정작 자본주의의 심장 서울 명동은 푸시킨의 뜨거운 혁명의 밤을 알기나 할까.
지주 귀족계급 출신으로 독일 라이프치히 대학에서 유럽의 계몽주의를 익힌 사상가 알렉산드르 라디시체프의 『페테르부르크에서 모스크바로의 여행』을 보면 러시아 지식 사회의 절망이 얼마나 깊었는지를 자세히 알 수 있다

“나는 그중에서 농민계급 내에서의 불평등한 처우에 대해 생각했다. 나는 황실 소유지의 농민과 장원의 농민을 비교해보았다. 그들은 같은 마을을 이루고 살고 있다. 그러나 전자가 정액을 지불하는 데 반해 후자는 언제나 주인이 요구하는 만큼 갖다 바칠 준비가 되어 있어야만 했다. 전자는 공평한 대접을 받는 데 비해 후자는 범죄를 저지를 경우를 제외하면 법

이 따로 없는 실정이다. 즉 스스로 죄인이 되어야만 정부는 그들을 보호한다는 명목 하에 감옥에 가두는 것이다. 여기까지 생각이 미치자 내 피는 부글부글 끓어올랐다. 소름 끼치는 잔인한 지주! 나는 너희들이 부려먹는 농민들의 이마마다 저주가 쓰여 있음을 보았노라."

시베리아 유형을 마치고 페테르부르크로 돌아와 법 앞에 만인의 평등을 보장하는 '자유주의적 법전 구상'을 준비하던 그는 1802년 독약을 마시고 세상을 등졌다. 인간은 저항의 수단으로 자살할 권리를 지닌다고 말했던 그의 의지가 스스로에 의해 관철되는 순간이었다.

1825년 12월 14일. 러시아 제정을 뒤엎기 위한 거사일은 새로운 황제 니콜라이 1세에게 충성을 맹세하는 날이었다. "우리는 죽을 것이다. 하지만 그것은 영광스러운 죽음이다"라고 결의했던 3000여 명의 반란군은 원로원 광장으로 모여들어 황제의 근위대와 맞섰다. 그러나 혁명은 거기까지였다. 한 장교의 배신으로 이미 거사가 노출되었고 반란군의 최고 지도자 세르게이 트루베츠코이 공작이 나타나지 않은 탓이다. 데카브리스트(12월당)로 이름 붙여진 그들의 러시아 최초의 혁명은 이렇게 마무리 되었다. 다섯 명이 사형에 처해졌고 124명이 시베리아 유형 선고를 받았다. 그중 96명이 중노동형(카토르가)에, 28명은 무기유형에 처해졌다. 시베리아에 유배된 데카브리스트들 가운데 113명이 지주 귀족신분이었고 단지 11명만 평민이었으며 공작이 여덟 백작이 하나 그리고 남작이 네 명이었다.(강연록 「시베리아 유배의 역사」, 한정숙, 2013. 5. 15.)

그들이 유배된 이후 러시아 혁명기(1917)까지 시베리아는 언제나 반란을 꿈꾸는 땅이었다. 도스토예프스키, 미하일 바쿠닌, 레닌, 트로츠키,

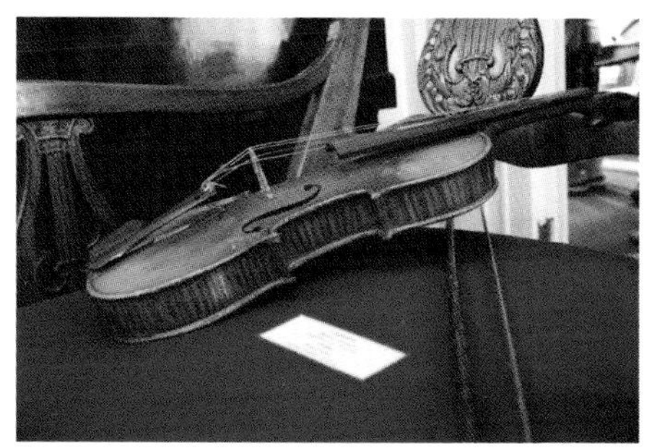

스탈린 등 우리 귀에도 너무 익숙한 세기의 혁명가들이 유배를 당했던 것은 물론이다.

발콘스키가 이 집을 지은 건 황제 니콜라이 1세가 1차 사면을 내린 1838년, 이르쿠츠크 인근의 우릭 마을이었다. 그전에는 다른 유배자와 마찬가지로 그 또한 네르친스크의 광산에서 10여 년 이상을 중노동에 시달렸다. 발목에는 약 12~13킬로그램의 족쇄가 채워졌는데 그의 아내 마리아 볼콘스카야가 그를 찾아 광산에 왔을 때 제일 먼저 한 일은 그 족쇄에 입을 맞추는 일이었다. 페테르부르크에서 마리아는 남부럽지 않은 귀족생활이 보장되어 있었다. 남편의 죄를 가족에게까지 묻지 않는 상류사회의 관례 때문이었는데 그녀는 그조차 거부하고 멀리 6000킬로미터를 건너와 남편의 고난과 일생을 함께했다. 즈나멘스키 사원에 잠들어 있는 예카테리나 트루베츠카야를 포함한 대부분의 데카브리스트의 아내들이 그랬다. 데카브르스트 박물관으로 사용되고 있는 이 건물이 현재의 위치로 옮겨온 것은 1846년 2차 사면이 내려진 다음이다. 후임 황제 알렉산드르 2세의 3차 사면이 1856년이니까 발콘스키 부부는 약 30년을 시베리아 유배 생활로 보낸 셈이다.

박물관 안내를 담당한 리디아 이바노브나는 70세쯤 되어 보이는 여성이었다. 당시에 썼던 화장대며 침대, 실루엣 속에 감춰둔 커튼 밖의 풍경과 자료를 담은 각종 액자들을 듬성듬성 훑어보는 객들이 안타까웠는지 지나가는 자리마다 성심껏 설명을 해주었다. 사면되어 페테르부르크로 돌아간 지 6년 만에 세상을 뜬 마리아의 모습이 그녀 안에 있었다. 진지해지는 순간순간들, 숙연한 마음으로 설명을 들었고 통역의 도움을 받았으나 놓치는 내용이 너무 많이 안타까웠던 시간. 고풍스러운 탁자에 앉아 실패한 혁명가들은 무슨 담소를 나누었을까. 세계에서 2대밖에 없다는 가장 오래된 포르테 피아노는 어떤 선율을 움켜쥐고 있을까. 시베리아의 상징이 된 영화 〈닥터 지바고〉의 메인테마를 옛 여인의 손때가 잔뜩 묻어 있는 저 바이올린으로 연주할 수 있을까.

여러 가지 질문이 머릿속에서만 맴도는 짧은 시간이 끝날 즈음 리디아가 말해준다. "이곳에서 있었던 모든 것들은 이르쿠츠크의 역사가 되었습니다. 이들의 복장, 언행, 주고받았던 수많은 얘기들, 그리고 함께 읊

세계에 두 대밖에 없다는 피아노.
미처 내뱉지 못한 유배자의 선율이 남아 있겠지.

었던 시와 노래, 그래서 황량했던 유배지 이르쿠츠크는 이들 이후 문화와 교육의 도시가 되었습니다. 흔히들 이르쿠츠크를 '시베리아의 파리'라고 부르는 이유가 여기 있습니다."

별난 상상을 해본다. 다산과 발콘스키가 당시에 서로 만났다면 어땠을까. 아들 뻘인 추사 와 초의선사 를 친구로 받아들여 격의 없는 우정을 나누었던 다산의 품성을 닮아 발콘스키는 그를 스승으로 모시며 세계 민초들의 평화를 논했겠지. 서예의 달인인 추사와 다도 의 달인인 초의선사가 그들의 작품으로 건넨 선물에 발콘스키는 무엇으로 화답했을까.

무엇보다 조선의 대학자이자 유배자였던 다산에게 발콘스키가 들어야 하는 핀잔 하나는 확실해 보인다. "같이 귀양 온 처지인데 넌 무슨 복이 있어서 2층이나 되는 넓은 집에 거기다가 하인까지 두고 평생을 조강지처와 함께 산단 말이냐? 난 고작 방 두 칸에 마루 하나 두고 정자에 올라 고독을 씹는 게 평생의 일이었는데 말이야. 유배생활 10년 만에 들인 홍임 엄마와도 헤어져 쓸쓸하게 살았는데 — 다산은 1812년 그의 수발을 들던 표 씨와 살림을 차린다. 둘 사이의 소생이 홍임이다. 헤어진 그녀를 그리워하며 남긴 시가 남당사 16수이다.— 허긴 네가 유배당하기 한참 전의 일이니 비교할 일은 아니다만."

문득 푸시킨이나 빅토르 위고까지는 아니더라도 톨스토이나 솔제니친을 환생시키고 노암 촘스키와 슬라보예 지젝, 그리고 평화를 끌어안고 사는 모든 사람들이 함께하는 토크 콘서트를 이곳에서 열고 싶다는 생각을 했다. 세계적인 석학들 앞에서 사회를 볼 재주는 없으니 노래라도 한 곡조 부르면 더없이 좋겠다.

시베리아 동토에 새긴 이름들

· 이르쿠츠크 자작나무 숲 ·

홍범도를 아는가. 제지공장의 악덕 친일파 공장주를 두들겨 패고 금강산으로 도망간 18세 소년 홍범도 말고, 삼수갑산을 지나 청진으로 진격하여 일본 주둔군을 괴멸시켰던 의병장 홍범도 말고, "홍 대장이 가는 길에는 일월이 명랑한데 왜적 군대 가는 길에는 비가 내린다. 에헹야 에헹야 에헹야 에헹야 왜적 군대가 막 쓰러진다"로 부르는 〈날으는 홍범도가〉를 탄생시킨 봉오동, 청산리 전투의 대한독립군 사령관 홍범도 말고, 1922년 모스크바 피압박 민족대회의 조선 유격단 대표로 레닌을 만나 뜨겁게 포옹하던 소비에트주의자 홍범도 말고, 그 사람 홍범도를 아는가.

1937년 9월 9일 새벽 블라디보스토크 역을 출발하는 시베리아 횡단열차의 가축 칸에 실려 중앙아시아의 어디쯤이라는 목적지도 없는 긴 여행을 떠난 유랑자 홍범도를 아는가. 불모의 땅 카자흐스탄의 크질오르다에서 하루의 생계를 걱정하며 말년을 보낸 고려극장 문지기 홍범도를 아는가. 2차 세계대전이 터지자 다시 전장터에 나가 일본놈을 무찌르고 내 나라를 되찾겠다고 카자흐스탄 당국에 호소하던 73세 노인 홍범도를 아는가. "평생 일본 놈들에게 안 잡히고 여생을 마칠 수 있어서 나는 복 받았다"라는 마지막 말을 남기고 올해로 꼭 70년째 이역의 땅 스타라야 마길라—홍범도의 무덤이 있는 곳—를 배회하는 영혼 여천 홍범도(1868~1943)를 아는가.

최재형을 아는가. 고려인 최초로 지신허의 러시아 학교에 입학해 문학을 공부한 함경도 노비의 아들 최재형 말고, 군납과 건설을 통해 타고난 사업 수완을 발휘하여 연해주 최고의 거부가 된 최재형 말고, 1896년 러시아 마지막 황제 니콜라이 2세의 대관식에 고려인 대표로 참석하는 남도소 초대 도헌—고려인 자치기관의 수장—최재형 말고, 안중근이 우덕순, 조도선과 함께 이등박문의 암살을 모의하고 사격 연습을 했던 블라디보스토크의 대동공보사 사장 최재형 말고, 일본 군대에 비해 모자랄 것 없는 전투 장비를 갖춘 연해주 항일 의병의 배후 최재형 말고, 그 사람 최재형을 아는가.

대한국인 안중근이 여순 감옥에서 숨을 거두는 순간까지 보호했던 단 한 사람 최재형을 아는가, 1920년 4월 5일의 참변—블라디보스토크 신한촌의 고려인 300여 명이 일본군에 의해 학살당한 사건, 북간도 경신 대참변, 일본 관동대진재 조선인 학살과 더불어 일제가 해외 조선인에게 가한 3대 학살 중 하나—이틀 후 평생의 동료 김이직, 엄주필, 황경섭 등과 함께 생을 마감한 니콜리스크(현 우수리스크) 부시장 최재형을 아는가. 남아 있는 재산을 미련 없이 조국의 독립에 쏟아 부은 상해 임시정부 초대 재무부장 최재형을 아는가. 자신은 일본군 헌병에 의해 죽고 남은 아들과 딸, 그리고 사위 7명 중 5명을 스탈린의 피의 숙청 때 잃은 멸문지화 가문의 아버지 최재형을 아는가.

김알렉산드라를 아는가. 시베리아 내륙에서 일하는 고려인, 중국인 등 소수민족 노동자들 속에 들어가 소비에트를 지키자고 호소했던 혁명가 김알렉산드라 말고, 최초의 고려인 소비에트 당원이자 극동 인민위원회 외무부장 김알렉산드라 말고, 러시아 혁명과의 연대, 반제反帝, 반일反日을 통해 독립을 이룩하고자 했던 한인 사회당 창당의 주역 김알렉산드라 말고. 그 사람 김알렉산드라를 아는가.

러시아 정교회 신부인 고려인 오와실리에와 부부의 연을 맺고 식민지 조선 민중의 아픔을 얘기하며 밤잠을 설친 고려 여인 김알렉산드라를 아는가. "공산주의의 씨가 자라서 멋진 꽃을 피우게 하세요. 이것이 모든 장애와 바람, 폭풍을 극복한 뒤 조선에 자유와 독립을 가져다줄 것입니다. 모든 지역의 노동자들의 자유를 위해 나는 죽습니다"라는 말과 함께 하바로프스크 죽음의 골짜기에서 러시아 백위군에 의해 최후를 마친 민족주의자 김알렉산드라를 아는가. 그녀의 시신이 아무르 강에 던져진 1918년 9월 18일 — 이 날은 일제가 만주사변(1931. 9. 18.)을 일으킨 날과 같은 날짜다. — 이후 하바로프스크의 시민 그 어느 누구도 그 강가에서 낚시를 하지 않았다는 슬픈 전설을 기억하는가.

한인 사회당의 당수 위대한 사회주의자이자 민족주의자 이동휘를 아는가. 4개국을 망명하며 역사를 기록하고 지금은 홍범도의 옆에 누워 있는 사학자 계봉우를 아는가. 일본총독 사이토 마코토의 면전에 폭탄을 던진 노인 동맹단 강우규를 아는가. 아버지 이준의 헤이그 순국을 가슴에 품고 백위군과 싸운 고려 의용군 사령관 이용을 아는가. 4개 국어에 능통한 피 같은 아들 이위종을 헤이그 만국평화회의에 보내고 큰아들

잊힌 이름들은 이 숲에 잠들어 있다.

스파시바
시베리아

이기종 또한 조국 독립운동을 위한 외교활동에 헌신하게 한 뒤 상트페테르부르크의 아파트에서 쓸쓸하게 목맨 애국 외교관 이범진을 아는가. 최고려를 아는가. 이인섭을 아는가. 백마장군 김경천, 김유천을 아는가. 게릴라 전술의 일인자 한창걸을 아는가. 사할린 부대 박일리아를 아는가.

드넓게 펼쳐진 이르쿠츠크의 자작나무 숲 사이로 눈발이 흔들렸다. 그리고 가쁜 숨 몰아쉬며 스키를 지치는 사람들이 드문드문 지나갔다. 바람이 한 번씩 불 때마다 어디선가 눈의 무게를 이기지 못한 나뭇가지 꺾이는 소리가 들렸다. 그 숲에서 나는 오래전 가지가 꺾인 나무들부터 눈길을 들이대며 이름을 붙여 주었다. 저 나무는 침례교 목사 출신 백추 김규면. 저 나무는 고려공산당 이르쿠츠크파의 거두, 37년 스탈린에 의해 숙청당한 오하묵. 저 나무는 레닌을 만난 박진순, 한형권. 대학 도서관의 구석쟁이에 처박혀 있어 쉽게 발견하기 어려운 이름들. 모두 내가 사는 분단의 땅 남쪽의 역사에서는 사라진 인물들이다. 하나하나의 이름을 붙이다가 어느 순간 그 거대한 숲에 무릎 꿇고 앉아 보드카 한 잔 올리고 싶은 생각이 들었다. 혹한의 땅 시베리아에 와서야 떠올리는 게 가능한 이름들이라니 너무 죄송하지 않은가. 애초 태어날 때부터 나에게 익숙한 이름들은 따로 있었다. 정일권, 신현확, 최규하. 그리고 박.정.희.

따위의 이름들…….

제2부 그리울 때 떠나라, 배낭 하나 메고

시베리아 횡단열차 9288킬로미터

그리울 때 떠나라,
배낭 하나 메고

· 시베리아 횡단열차TSR 1 ·

'4' 자로 상징되는 세 가지가 있다고 했던가. 400킬로미터가 넘지 않으면 거리도 아니다. 친구를 만나 수다를 떨려고 해도 400킬로미터쯤은 가줘야 하는 곳. 그보단 반경 400킬로미터쯤은 동네 마실 다니듯 휘젓고 다닌다는 통 큰 곳. 영하 40도시가 아니면 추위도 아니다. 영하 10도시쯤의 날씨엔 웃통 벗고 다니고 영하 20도시 정도 되어야 부채질하며 대략 영하 40도시쯤은 되어야 페치카에 불 때기 시작한다는 뜨거운 피를 가진 동네. 40도는 되어야 술이다. 적게는 40도에서 75도의 독한 보드카를 생명의 물이라 부르며 병째로 들이키는 단단한 내장을 가진 아직도 잠자는 땅 시베리아.

지평선 너머 지평선 거기에
살포시 자리 잡은 노을 한 줌.

우랄산맥 동편으로 캄차카 반도까지 러시아 땅의 3분의 2를 차지하고 화석연료와 목재, 차고 넘치는 광물의 대부분을 품에 안고도 조용히 잠자는 그 땅 위에 내 첫 발자국을 찍은 건 벌써 4년 전 여름이다. 블라디보스토크에서 출발하는 총 9288킬로미터의 시베리아 횡단열차TSR를 타고 눈 뜨면 지평선, 보드카 한잔에 눈 감으면 백야白夜의 잔영과 함께 3박 4일을 달려 바이칼에 갔었다. 그해에 완수하지 못한 시베리아 횡단열차의 나머지 구간 모스크바에서 바이칼까지는 이듬해 여름에 갔었다. 그리고 겨울 시베리아를 포함해 두 번의 여행을 더 했다.
어디서든 소리 없이 따라오는 자작나무숲의 빛깔을 어둠에 묻고 쿠페라 부르는 4인용 침대칸에서 일행과 함께 비운 보드카 한 병의 바닥이 보일 때쯤 잠이 들었다. 눈 뜨면 광야. 밤새도록 쉬지 않고 달리는 열차를 따라 어김없이 자작나무는 가녀린 흰 바탕의 군락이 되어 다시 나타나고 태양은 광활한 대륙을 넘나들기 시작한다. 하루의 시작. 취기가 덜 빠진 감각 없는 손으로 컵라면을 데우고 누군가 건네주는 해장술 한 잔은 잠자는 땅 시베리아에서의 아침에 가장 잘 어울리는 모습일 거라고 생각했다.

차창 밖의 풍경. 겨울.

40도는 추위도 아니다. 한랭전선을 사는 사람들.

저녁이 오면 보드카를 마셨다. 하늘은 언제나 나보다 더 많이 취했다.

전날 마셨던 보드카의 경로를 따라 내장을 훑는 진저리 치는 술의 독성이야말로 그토록 갈망했던 시베리아 횡단의 꿈을 이루고 있는 여행객의 객고를 위로하기엔 제격이다.

충혈된 눈을 씻으려 창밖을 보면 지평선 너머 다시 지평선. 끝도 모를 지평선의 대지 위에 살포시 내려앉은 실핏줄 같은 강줄기들. 시베리아의 태양을 반사시킨 강물에 내 흐린 시선을 몇 번이나 씻은 뒤에야 기차는 피곤한 달음질을 잠시 멈추고 사람이 사는 마을의 입구에서 새 손님을 맞았다. 군데군데 마을을 품고 흐르는 강줄기는 시베리아 횡단 열차를 끈질기게 따라왔다. 아니면 열차가 강줄기를 따라 끊임없이 달렸다. 강줄기가 잠시 마을로 가는 길을 잃으면 열차가 앞서 길을 찾았고 열차가 사람의 온기를 잃으면 강줄기가 열차를 이끌어 마을로 안내했다. 블라디보스토크에서 혹은 모스크바에서 시작된 나의 여행은 그렇게 시베리아의 속살을 곁눈질하며 바이칼을 향했다.
시베리아는 바다였다. 모든 것들을 다 받아주는. 낯선 이방인들은 그곳을 게으른 땅이라 불렀다. 어떤 이방인들은 그곳을 불친절하고 무뚝뚝한 땅이라고 불렀다. 그러나 시베리아는 제 속살을 죄다 내놓고도 이방인들의 버릇없는 비아냥을 그저 담담하게 받아들였다. 나는 애초 그곳을 게으른 땅이라 명명하는 데 동의하지 않았다. 사람의 길, 마을과 마을의 소통이었던 강줄기를 꼭꼭 틀어막아 댐을 쌓고 주위를 온통 콘크리트로 도배질 한 후 개발의 완성을 자축하는 문명의 이기에 한 치의 마음도 빼앗길 이유가 없었다. 불친절하고 무뚝뚝하다던 비아냥에도 역시 동의할 수 없었다. 이익을 위해서라면 더없는 친절함으로 자신을 포장하고 하나의 물건을 더 팔기 위해 심야에도 가게 문을 닫지 못하는 우리네 삶의 비정함이 조용한 땅 시베리아까지 스며드는 것이 두려웠다.

강줄기는 마을을 품고, 기차는 마을을 이어 달렸다.

시베리아는 자존 의 땅이었다. 아마존과 더불어 세계 양대 허파라고 불리는 대자연이 있고 인류의 산업을 적어도 수백 년 동안 지탱시킬 수 있는 막대한 자원을 땅속에 품고 있으면서도 자본의 위대함을 앞세워 요기 어린 손짓을 보내는 탐욕을 향해 시베리아는 조용히 훈계하고 있었다. "시베리아는 자연을 사는 모든 이들의 필요를 충족시킬 수는 있으나 탐욕스러운 너희들의 욕망을 채워줄 수는 없다"고.

횡단열차 안에서 보드카 병이 바닥을 드러낼 즈음엔 기타를 꺼내어 고 문익환 목사의 시 「비무장지대」를 다 같이 불렀다. "너희는 백두산까지 우리는 한라산까지 철조망 돌돌돌 밀어라, 온누리 비무장 지대로." 기차 안 3박 4일 중 만취한 어느 날은 이 노래를 다시 부르다가 울컥 눈물이 나온 적도 있다. 평화로 가는 긴 여정에서 부득이 전사가 되어야 했던 사람들. 아무르 강변에 누워 있는 김알렉산드라, 하바로프스크 작은 집필실의 조명희, 크질오르다의 고려극장 문지기 홍범도, 노보데비치 수도원(러시아 국립묘지) 132번 벽면 묘지에 잠든 백추 김규면, 그리고 37년 강제이주와 함께 시베리아 횡단열차에 몸을 의탁했던 17만 2000명의 조선인들. 내가 타고 있는 이 열차를 통해 목숨이 오고 간 씨날줄로 엮인 거대한 역사 앞에 떨군 한 방울 눈물이 그 무슨 헌사가 되었을까마는.

사흘 밤 나흘 낮 설렘으로 기차를 타다

· 시베리아 횡단열차TSR 2 ·

모스크바를 출발한 기차는 덜커덩거리며 새벽으로 달렸다. 차창 밖의 어스름한 풍경 사이로는 달빛이 숨었다 나오기를 반복했다. 아침이 오기 전에 우랄산맥을 넘을 거라는 전언이 있었는데 그때까지는 어쨌든 깨어 있을 생각이었다. 동양과 서양. 유럽과 아시아를 가르는 거대한 산맥을 뜬눈으로 확인하고 싶었다. “자, 또 한잔 해야지. 이거면 오늘밤의 마지막 잔인가, 아님 새벽녘의 첫 잔인가?” 비닐봉지에서 보드카 큰 병과 각종 안주를 꺼낸 이는 룸메이트 C 변호사였다. “이거 먹고 잠들면 막잔이고 깨어 있으면 첫잔이지 뭐.” 맞장구를 친 이는 영화제작자 J였다. 4명이 정원인 쿠페에 보드카를 중심으로 일행들이 모여들었다. 술잔이 한 순배 돌 때마다 걸쭉한 노랫소리가 울려 퍼졌다. 그때마다 나는 적절한 애드리브를 섞어가며 열심히 기타를 쳐댔다. 마치 시골 장터의 악사처럼. 그러곤 기억이 없다.

"세월이 멈췄으면 하지, 가끔은.
멈춰진 세월 속에 풍경처럼 머물렀으면 하지.
문득 세상이 생각보다 아름답다는 것을 느꼈을 땔 거야.
세상에는 생각보다 아름다운 사람이 많다는 것을 느꼈을 땔 거야.
아마 멀리 기차가 지나갈 때 강변에 앉아
눈부신 햇살처럼 오래전 정지된 세월의 자신은 그 얼마나 아름다웠던가.
기차는 먼 굴 속으로 사라져버리고 강변의 아름다움으로부터 떠나지만
변하지 않는 풍경으로 남을 거야.
마음의 지조처럼 여전히 기다릴 거야, 오래토록."

〈봄날 강변〉, 신동호 시, 이지상 노래

다시 기억이 돌아왔을 때 나는 이 노래를 흥얼거리고 있었다. 햇살은 한낮인 듯 넓은 초원을 가득 채우고도 모자라 자작나무숲을 휘도는 강물 위에서 반짝였다. 우랄산맥은 이미 한참 전에 지났다고 했고 시베리아 횡단열차의 설렘으로 날밤을 새운 일행의 관전평도 들었다. "진짜로 별 거 없었어요. 팻말 하나도 없고 언제 지났는지도 모르게 아침이 오데."
기대는 했지만 허탈하지는 않았다. 유럽으로부터 지나오는 시베리아 대륙의 첫 장면이 너무 아름다웠기 때문이다. 대륙을 비추던 햇살은 자

작나무 군락지를 만나면서부터는 더욱 강렬해져 순백의 빛깔을 만들어냈다.
"철커덕 철커덕" 16량의 기차 바퀴가 만들어내는 소음은 철교를 지날 때마다 한목소리로 어우러져 희한한 화음을 만들어냈다. 강물이 사라진 언덕 위로는 야생화가 가득 피어 있기도 했고 기차가 서지 않는 작은 간이역에선 역무원만 쓸쓸히 벤치를 지키고 있기도 했다. 그 장면들이 무척 좋았다. 2층 침대칸에 누워 조용히 그 광경을 바라보다 읊어낸 노래가 봄날 강변이었다. "세월이 멈췄으면 하지, 가끔은……."

3박 4일을 달리는 기차 안에선 거의 씻지 않았다. 면도도 하지 않았다. 누군가에게 깔끔한 모습을 보여줘야 한다는 압박감도 애초에 없었지만 때마다 씻기에 화장실 시설은 넉넉지 않았다. 어느 날은 패트 병에 쫄쫄 흐르는 물을 받아 샤워까지 한 적도 있다. 아침이면 거의 컵라면과 햇반을 먹었다. 첫 여행 때는 식당 칸에 들러 폼 잡고 보르스치에 정식을 먹은 적도 있지만 한국으로 치자면 "이걸 먹으라고 내놔?"정도였다. 그래도 식당 칸에서 마시는 맥주 혹은 보드카와 크래커는 일품이었다. 여행의 경력이 조금 쌓이면서 색다른 메뉴를 먹을 수 없을까 싶어 비빔냉면을 준비해 간 적이 있다. 기차 안에는 물을 끓일 수는 없지만 끓는 물은 항상 준비되어 있다. 제일 큰 코펠에 면을 넣고 끓는 물을 붓는다. 십여 분 넘게 기다렸다가 미리 준비한 냉수로 씻어내고 소스를 넣고 비빈다. 맛? 비빔냉면 다섯 개 끓였는데 나는 고작 세 젓가락 먹었다. 나머지는 소문을 듣고 온 일행들의 몫. 아침에 해장술은 없어서는 안 될 주요 메뉴였다. 컵라면 국물에 들이키는 보드카는 환상의 궁합이었다. 점심 때쯤엔 군데군데 정차하는 작은 역에서 러시아의 과일이며 고기만두 등의 먹거리들을 팔았고 그때마다 사온 음식을 안주 삼아 작은 회

합이 이루어졌다. 덕분에 기차 안에선 늘 반쯤 취해 있어서 좋았다. 흐릿한 눈으로 바라보는 명징한 대륙의 품은 한가슴에는 담을 수 없는 거대한 화폭이었다. 기차 안에서는 언제든 잘 수 있어서 좋았다. 무료해지거나 술이 좀 됐다 싶으면 누웠다. 2층 침대칸에서 바라보는 시베리아의 풍경은 무언의 암시로 나를 다독이기도 했지만 피곤한 몸을 누이기에도 부족함이 없었다.

기차 안은 독자의 공간이기도 했지만 다자의 공간이기도 했다. 지난 겨울 이르쿠츠크에서 블라디보스토크로 가는 열차 안에선 다리아 주리에브나를 만났다. 모스크바에서 대학에 다니는 그녀는 치타까지 간다고 했다. 같은 공간에서 만난 에르제나는 브리야트족 처녀이다. 옴스크 대학에서 의학을 공부한다고 했다. 폴란드계 유대인인 지미안느는 노보시비리스크에서 화물 노동자로 일한다고 했는데 그는 비로비잔까지 간다. 자정이 넘은 시각. 내가 기차에 올랐을 때 이들은 4인실 쿠페에 내 자리만 비어놓고 있었던, 이를테면 기차 여행의 선배였던 셈이다.
컴컴한 방에 자리를 잡았을 때는 먼저 에르제나가 영어로 말을 걸었다. "어디서 오셨어요?" "네? 한국에서요. 반갑습니다." 이렇게 시작된 대화는 방에 불을 켜고 맥주 한잔씩 권하는 사이로 발전했다. 다리아와 지미안느는 영어를 쓰지 않았다. 주로 에르제나와 내가 얘기하고 다시 에르제나가 통역하는 방식이었다. 당연히 서로간의 언어 소통이 원활하지 못하니 깊은 얘기는 할 수 없었지만 인간이 소통하는 방식에 언어가 차지하는 비중은 고작 20퍼센트라 하지 않았던가. 눈빛과 손짓, 몸짓만으로도 서로의 의견을 알아듣는 데는 큰 문제가 없었다.
지미안느가 술안주로 닭다리를 내놓았다. 식어서 기름이 굳은 채였다.

바람개비와 반달, 느긋한 시베리아의 여름밤.

그들은 손으로 한 점씩 뜯으며 엄지손가락을 내보였지만 나는 손대지 못했다. 나는 골뱅이와 번데기 통조림을 내놓았다. 이게 뭐냐며 무척 신기해했지만 그들은 한번 먹어보라는 내 권유를 시원한 웃음으로 손사래 쳤다. 결국 각자의 안주를 각자가 먹은 꼴이다. 그들이 평하는 한국은 무척 후한 이미지였다. 블라디보스토크에서 부산을 오가며 무역을 한다는 친구 얘기를 지미안느가 했고 서울로 유학 온 친구와 자주 연락한다는 얘기는 다리아가 했다. 에르제나는 한국의 발전된 의학 연구 시스템을 배우고 싶다고 했고 나는 꼭 유학을 오라고 했다. 나는 한국의 분단 상황에 대한 안타까움을 얘기했는데 그들은 “러시아에는 없는 것도 없지만 딱히 있는 것도 없다"라는 말로 그들의 고단함을 표현했다.
그렇게 흑야黑夜의 긴 밤을 보내고 아침이 왔을 때 울란우데가 목적지인 에르제나가 먼저 내렸다. 그녀를 배웅하러 내린 기차역에는 그녀의 가족들이 마중 나와 있었는데 일일이 소개시켜 주는 덕분에 생전 처음으로 브리야트 가족들과 따스한 포옹도 했다. 단 하룻밤의 인연인데도 그리 낯설지 않았다. 에르제나가 내린 뒤엔 우리 방의 통역이 문제일 거라 생각했다. 서로 얼굴 보며 멀뚱멀뚱 술잔만 주고받을 수는 없지 않는가. 그때 신기하게도 다리아가 영어로 말하기 시작했다. 사태 파악을 해보니 다리아는 자신이 에르제나보다 영어를 못한다고 생각했던 모양이다. 그래서 에르제나가 있는 동안은 영어를 한마디도 하지 않았었다. 다리아는 슬라브족에 동양계의 피가 섞인 전형적인 러시아 미인이었다. 덕분에 그녀가 내리기 전까지 내 방은 우리 일행들 특히 젊은 사내들의 표적이 되어 늘 부산했다.

시베리아 횡단열차는 사람을 기다려주지 않는다. 우랄산맥을 넘어 처음 만나는 도시가 예카테린부르크. 9288킬로미터, 총 68개 역 중에서 가장 긴 53분을 정차하는 그 역에서 사람을 잃어버렸다. 용감하게 택시를 타고 시내 관광을 나갔던 두 사람이 기차 출발 시간에 못 온 것이다. 달리 대책은 없다. '어떻게든 되겠지. 어떻게든 오겠지' 하는 마음으로 기다리는 수밖에. 여권은 기차 안에 있지만 지갑은 가져갔으니 수중에 돈은 있을 터였다. 다행히 그중 한 사람은 다큐멘터리 작가로 러시아를 손바닥 보듯 꿰고 있는 영화제작자 J형이다. 기차가 4시간 20여 분을 달려 튜멘에 도착했을 때에도 그들은 보이지 않았다.
낙관이 서서히 절망으로 변하는 시간. 출발을 알리는 차장의 수신호가

막 떨어지는 그때서야 그들이 헐레벌떡 뛰어 들어왔다. "거봐요. 러시아의 자본주의를 믿으라니깐. 돈 있으면 택시 타면 돼요." 초조해하던 사람들을 다독였던 이 말이 현실이 되는 순간, 나도 안도의 한숨을 내쉬었다. 시베리아에서 길 잃은 탕아를 다시 만나는 기쁨에 무사귀환주로 한 잔. 일행에게 걱정을 끼친 마음에 사죄주로 한 잔, 열차가 오후로 치달으면서는 이들의 무용담을 안주로 먹는 식당 칸의 맥주가 그렇게 맛있을 수가 없었다. 물론 사죄주를 더 많이 먹었고 비용은 그들 중 하나인 금융계의 큰손 H부장의 몫이었다.

시베리아에서 길 잃은 사례의 원조는 우수리스크의 우정마을에서 뜨거운 동포애를 읊었던 노시인이다. 열차가 하바로프스크에서 20분 정차하는 동안 화장실이 급했던 노시인은 그곳에서 그의 제자 M선생과 함께 느긋하게 일도 보고 세수도 하고 역 앞에 나가 사진도 찍으셨던 모양이다. 플랫폼으로 내려오는 계단에 섰을 때 기차는 서서히 출발하고 있었다. "어어어~ 빨리 와요, 빨리." 함께 빙을 썼넌 일행이 기차 문을 잡고 외쳐봤지만 기차는 기다려주지 않았다. 한 방의 네 명이 모두 기차를 놓쳤다. 그때 기차 안에 있던 모두가 당황했었다. 러시아 대사관에 전화를 해야 한다, 기차 안의 경찰에게 부탁해 어떻게든 연락해야 한다, 정 안 되면 비행기라도 타고 이르쿠츠크로 오시게 해야 한다 등등 의견은 많았지만 러시아의 소통 방식으로 길 잃은 노시인을 감싸기엔 너무 부족한 게 많았다. 그들은 택시를 탔고 포장과 비포장도로를 넘나들며 시속 160킬로미터로 5시간을 달려 오블루체 역에 도착했다. "연인아, 연인아. 이별은 끝나야 한다. 슬픔은 끝나야 한다. 우리~는 만나야 한다." 시인의 대표작인 〈직녀에게〉 노래를 부르며 재회의 기쁨을 누렸다. "허허허. 우리가 견우직녀 노릇을 톡톡히 했네. 이거 남과 북도 이렇게 만나야 하는 거 아냐?" 노시인은 껄껄 웃으며 긴박했던 5

바이칼이다. 누군가 소리 쳤다. 잠이 덜 깬 새벽녘이었다.

시간의 방랑기를 회상했었다.
"바이칼이다." 누군가 큰 소리로 외쳤다. 객실 안에 있던 모든 사람들이 창가로 나와 기찻길 옆 한적한 마을 앞에 펼쳐진 거대한 호수를 바라본다. 가슴을 쓸어내리며 흥분을 진정시키는 이도 있고 자기만의 몸짓으로 눈가를 비비며 새로운 세계를 맞는 이도 있다. 그럴 만도 하다. 수천만 년. 지구상의 헤아릴 수없는 생명을 잉태하고 키워온 거대한 자연의 어머니가 아닌가. 절로 탄성도 흐르고 눈물이 맺힌다. 기차가 호수를 휘돌아 갈 때마다 나는 태어나기도 전 어머니의 뱃속이 이럴까 싶게 따뜻해진다. 포근해진다. 그렇게 도착

호수의 바람을 맞을 때까지, 그 자리에 머물고 싶었다.

한 바이칼은 잠깐 보여준 모습만으로도 모든 사람들의 마음을 무장해제시켰다. 평화의 호수. 나는 오랜 세월을 굽이돌아 비로소 거기에 도착했다.

상. 시베리아의 속살을 곁눈질하며 바이칼 가는길, 노보시비리스크 역.

하. 아마도 예카테린부르크. 아마도 옴스크. 이름이야 뭔 상관있으랴. 넋놓고 다니면 그만이지.

좀더 어두워도 괜찮다. 그때까지 기차는 오지 않을 테니.
울란우데 역.

GERMANY
LOTTE
DUTY FREE
LOTTE DUTY FREE

스파시바
시베리아

들뜬 마음 한눈에 보인다.
누구에게나 여행은 즐거운 놀이.

나만 취하면 재미없지.
이 친구들도 꽤나 취해 있었다.

모두 잠든 새벽에도
누군가는 떠난다.

스치기만 해도 살 베일 것 같은 추위. 하바로프스크 역.

웃어주시니 고맙습니다. 한국말로 인사를 건넸다. 함께 웃으며.

1 2

1. 무슨 말을 걸어볼까 궁리했지만 소녀와는 끝내 한마디도 하지 못했다.
2. 배고프면 먹고 졸리면 자고 몸 하나 누일 공간 충분한 쿠페.
3. 틈나면 들락거린 식당칸. 맥주 맛이 그만이다.
4. 식당 차의 한 끼 우습게 보여도 설렁탕 두 그릇 값이다.
5. 에르제나와 지미안느. 그의 친구들과 함께 카츄샤를 불렀다.

6 7

3 4 5

8 9 10

6. 창밖 풍경이 시리다. 기어이 춥고야 마는 시베리아.
7. 창밖을 보다가 노을을 보다가.
8. 유리창에 비친 나를 본다. 나는 늘 선명치 못하다.
9. 마을을 지날 땐 언제나 포근했다. 겨울인 줄 잊을 정도로.
10. 너는 노을을 보고 나는 너를 본다. 물끄러미.

ALEX
ЛЮБЛ

제3부

다시 걸을 수 있다면 잠시 쉬어도 좋아

블라디에서 모스크바까지

대륙은 게을러도 좋다. 아니, 게을러야 한다

· 극동의 관문 블라디보스토크 아르좀 공항 ·

'그곳'으로 가는 길은 언제나 닫혀 있었다. 국기도 붉은, 노래도 붉은, 군대 이름도 붉은, 광장도 어디나 붉은, 그래서 사람도 붉고 마시는 공기도 붉고 그저 물불 안 가리고 모든 것이 붉은 동네. 한반도의 최북단 경흥에서 두만강을 사이에 두고 오랜 시간을 벗하며 지낸 역사는 묻어두고 나는 단지 파란색만 존재하는 세상에 살았다는 이유로 '그곳'은 기억 속에 두지도 않았었다. '소련'이 '러시아'로 바뀌고 파란색의 '자본'이 붉은색의 '사회' 속으로 침투한다는 이른바 개방의 물결 속에 관심을 둔 적이 있었지만 그리 깊지는 않았다. 누군가 "민주주의의 반대말이 뭔가요?" 물으면 지체 없이 "공산주의요"라고 대답했던 시절이었다. 심지어 나는 파란색의 보색조차도 빨간색인 줄 알았었다. 학창시절

학급회의가 생긴 이래 초중고 생활 중 9년을 반공부장으로 보낸 나 아닌가. 아침마다 등굣길엔 삐라를 주웠고 반공 웅변대회의 단골 연사로 가끔은 동네 경찰서장님이 하사하신 상을 받기도 했었다. 덕분에 동네 어른들의 예쁨도 좀 받았었지, 아마.
블라디보스토크. 이 지명을 대할 때마다는 불온 삐라에 적힌 문구 "유신정권 박정희 어쩌구, 전두환 군사독재 어쩌구" 따위를 흘낏거렸을 때의 두려움 같은 게 있었는데 어쩌다 한 번씩 꿈속에도 등장하는 걸 보면 나는 여전히 파란색으로 지칭되는 '자유 민주주의'를 사는 게 다행이다 싶은 부류겠다.

비행기를 타고 간다. '그곳' 블라디보스토크.

조선 초기 6진을 호령하던 함경도 관찰사 김종서 장군은 무엇을 타고 '그곳'에 갔을까. 두만강 하류의 작은 섬 녹둔도를 지켜낸 이순신 장군은 또 무얼 타고 갔을까. 시종 열댓이 드는 가마를 탔거나 하루에 천 리는 거뜬하다는 적토마쯤은 타고 갔겠지. 함경도 청진이나 회령 어디쯤 동해바다 풍광이 기가 막힌 곳에서는 잠시 발걸음을 멈추고 시장한 배를 거나한 막걸리로 채웠을 터. 구한말 가난한 유랑민들은(1863년 가을. 무산의 농민 최운보와 경흥의 양응범 등 농민 13가구가 연해주 최초의 이민자로 기록되어 있다.) 소 한 마리에 달구지를 달고 식솔들 앞세워 두만강을 건너갔고, 일제에 항거한 독립군들은 러시아 혁명 당시 패전한 체코 병사들의 소총을 사 들고 두만강을 건너왔다. 빛나는 의병 안중근이 11명의 의혈지사와 함께 단지동맹을 결성하고 무명지를 자른 후 검은 먹의 지장과 함께 대한국인 안중근을 새겨 넣은 곳이 이곳이고, 그해 10월 평생 동지 우덕순과 함께 이토 히로부미를 암살하기 위해 각기 차이자거

우[illegible], 하얼빈으로 떠난 곳도 이곳이었다. 크라스키노, 포시예트, 우수리스크, 그리고 블라디보스토크, 한인들의 처절한 생존과 국권 유린에 맞선 독립운동의 역사가 꿈틀대는 '그곳'을 우리는 연해주라 부른다. 나는 비행기를 타고 간다. 구한말 그리고 일제 강점기 삼엄한 국경의 경비를 뚫고도 자유롭게 오고 갔던 그 길을 나는 갈 수가 없다. 저 바다를 어찌 건널 것인가 말이다. 이미 나는 섬 아닌 섬나라에 사는 사람인 것을. 까까머리 반공 학생의 티를 벗고 열혈청년이었던 대학시절엔 이런 꿈을 꾼 적도 있었다.

"열차 타고 철원 지나 원산에 가자. 명태포에 소주 한잔 우린 한겨레. 버스 타고 평양 지나 압록강 가자. 그리움에 설레는 가슴을 안고."(통일노래 한마당 출품곡 〈통일은 됐어〉. 1991.)

세상의 모든 바다가 하나인 것처럼 세상의 모든 길도 연결되어 있다. 부산에서 열차를 타면 동해선 강릉 지나 원산, 함흥, 청진 거쳐 블라디보스토크. 그리고 그곳에서 꿈의 '시베리아 횡단열차TSR'를 타고 모스크바에서 헬싱키로 베를린으로 런던으로 파리로. 그 멀쩡한 길을 놔두고 나는 비행기를 탔다. 딱히 그곳으로 가는 다른 방법이 마땅치 않기 때문이다. 남과 북의 관계가 원활했을 때는 북한의 영공을 통과했다. 지금은 동해의 공해상으로 돌아간다. 비행 시간은 두 시간 반, 이전에 비해 30분을 더 날아야 한다. 시간이야 그렇다 치고 기름 값도 더 든다. 당연히 비용도 더 낸다. 우리가 알고도 모른 척 넘어가는 분단 비용이다.

많은 나라를 돌아다니지는 못했지만 내가 가본 공항 중 최고는 역시 인천공항이다. 시설이나 규모, 승객들의 동선, 편의시설에 이르기까지 모자람이 없다. 오히려 지나친 부분이 없지 않은 듯해서 막대한 운영비를 어떻게 채우는지 걱정스러울 정도다. 러시아에서는 4개의 공항(모스크바, 이르쿠츠크, 하바로프스크, 블라디보스토크)을 기웃거렸는데 시설이 영 보잘것없다. 특히 국내선에 비해 국제선은 더욱 그렇다. 세계 시민의 교차점이라는 허브hub 인식의 결여나 글로벌한 마케팅의 부재를 탓해야 하는 건지, 아니면 자국민을 우선으로 삼는 정책을 칭찬해야 하는 건지 헛갈릴 때가 많다.

블라디보스토크 공항 대합실은 후덥지근하다. 바깥 기온이 30도를 웃돈다는데 에어컨 바람기는 느껴지질 않는다. "에스토니아와 러시아인을 제외한 외국인은 여기에 서시오"라는 불량한 안내문구 아래 두 개의 입국심사대가 있다. 채 30분도 안 되어 내국인 심사대로는 다 빠져나가고 외국인 심사대만 북적거린다. 갑자기 러시아 경찰들의 움직임이 부산하고 안내인의 표정도 난감하다. 우리 일행의 비자 번호가 한 글자씩 잘못 인쇄된 것. 그러니 외국인 중 가장 늦게 심사를 받게 되고 거기다가 한 사람씩 1, 2층을 오고 가며 일일이 비자 번호를 고친다. 입국 심사가 한 시간 반을 넘기면서부터는 서서히 볼멘소리가 들리는 게 당연하다.

"돈 달라고 하는 짓 아녀?" "이 나라는 아직도 입국 시스템 하나 구비하지 못하고 뭐한 거야, 도대체" 등등. 각자의 불만들을 우스갯소리 섞어가며 토로하고 시간을 견디고 있었는데 가장 귓속에 쏘옥 들어오는 구절 하나가 있었다. "에이, 게으른 사람들." 게으름으로 따지자면 남부럽지 않은 생활을 하는 나로서는 일단 찔리고 보는 게 습관이라 쑥스럽게 웃고는 돌아서서 생각해보는데. '러시아가 게으르다. 러시아가 게으르다? 세계 제일의 땅을 가진 나라가?'

일단 간략하게 시베리아만 보자. 13.1억 제곱킬로미터에 이르는 시베리아는 러시아 전체 영토의 77퍼센트, 아시아의 25퍼센트, 시베리아 평원은 148,940,000제곱킬로미터로 지구 전체 평원의 10퍼센트에 해당한다. 시베리아의 북부는 북극권에 이르고 남부는 중국, 몽고 등 다른 나라와 국경을 맞대고 있다. 천연가스는 러시아 매장량의 약 80퍼센트, 원유 77퍼센트, 석탄 90퍼센트 점유 이외 다양한 목재, 오호츠크해의 어류, 그 밖에 니켈, 금, 납, 석탄, 몰리브데넘, 다이아몬드, 은, 아연 등 풍부한 광물이 매장되어 있거나 현재 개발 중이다. 1991년 소비에트 연방의 붕괴 이후 러시아를 제외한 14개 나라가 독립을 한 이후에도 이 정도다.

남쪽으로는 스텝부터 타이가, 북극의 툰드라까지 열대를 제외한 모든 기후가 분포해 있고 그 속에는 엄청난 양의 삼림자원이 존재한다. 시베리아 횡단열차가 블라디보스토크를 출발해서 모스크바까지 가는 동안 인구 100만을 넘는 도시는 고작 5개(모스크바, 페름, 예카테린부르크, 노보시비르스크, 옴스크)뿐이고 50여 개의 크고 작은 도시에서 정차하는데 그 간격은 짧게는 200킬로미터에서 길게는 500킬로미터 정도이니 정차역과 역 사이엔 작은 마을과 전봇대 그리고 울퉁불퉁한 도로 이외에는 거의 자연 상태에 가깝다고 할 수 있다. 아마존이 지구 남방의 허파라면 시베리아는 당연히 지구 북방의 허파이다. 적어도 지구의 반쯤은 시베리아가 숨을 쉬고 있어서 존재가 가능하다는 얘기다.

1750년 파라과이와 브라질 국경 지역에서 일어난 실화를 바탕으로 만든 영화 〈미션mission〉(1986)의 주인공 가브리엘, 그리고 로드리고 신부—가브리엘 신부로 열연한 제레미 아이언스가 부는 오보에 선율gabriel's oboe 장면은 지금도 눈부시다. 1998년 사라 브라이만Sarah Brightman이 가사를 붙여 넬라 판타지아Nella Fantasia가 된다—로부터 아마존 숲과 노동을 지키기 위한 순교자 치코 멘데스Chico Mendes(1944~1988)까지 아마존을 지키기 위해서는 수많은 사람들의 목숨이 필요했다. 지금도 대

규모 댐 건설과 무차별적 벌목, 미국 회사의 석유 채굴을 막기 위해 부족장 에더 파야구아제(에콰도르 세코야 부족)를 포함한 많은 환경 운동가들이 국제 연대를 호소하고 있다.

가끔씩 카스피해 연안 아제르바이젠 근처 석유지대의 난개발이나 북극권 야말-네네츠 자치구의 천연가스 과잉 생산 등의 얘기가 들리기는 하지만 시베리아의 자연을 지키기 위해 누군가 목숨 걸었다는 얘기를 들은 적은 없다. 물론 내가 과문한 탓이기도 하고 러시아라는 나라의 일당 독재 시스템이 통제할 수도 있겠다. 몽골어 시베르siber와 타타르어 시비르sibir가 신비스럽게 합성된 말이 시베리아siberia다. '아름답고 순수한'이라는 뜻과 '잠자는 땅'이라는 뜻이 섞여 있다. 잠들어 있어 순수한, 있는 그대로의 대지, 그래서 더 아름다운 땅이 시베리아다. 당연히 게을러야 한다, 앞으로도 할 수 있는 만큼, 영원히.

짧은 단상으로 시간을 때우는 사이 어느덧 내 차례가 왔다. 여권을 내밀고 조용히 웃고 있었더니 그녀 또한 빙그레 웃으며 나를 위아래로 훑어보고 도장 두 개를 쾅쾅 찍는다. 통과, 드디어 공항 로비를 지나서 광장으로 나온다. 두 시간 반이 걸렸다. 함께 나온 일행들 모두 들뜬 표정이다. "우리 이제 어디로 가요?"라고 누군가 물었다. '어디든 가봅시다. 이 넓은 대지에 가야 할 곳이 한두 곳이겠습니까.' 나는 속으로만 대답했다.

2012년 9월 APEC 정상회담을 앞두고 블라디보스토크 공항은 신청사를 개장했다. 그해 7월에 들렀으니 현재는 내 기억보다 편리해졌을 것이다.

봉인에서 해제된 땅 블라디

· 블라디보스토크 혁명전사광장 ·

블라디보스토크는 '동방Vostok 정복Vladi'이라는 뜻을 가졌다. 따져보니 러시아에는 블라디라는 이름을 가진 사람이 참 많다. 우선 대통령 푸틴의 이름이 블라디미르Vladimir Vladimirovich Putin인데 슬라브어로 '소유하다, 차지하다'란 뜻이다. 레닌Vladimir Il'ich Lenin의 이름도 그렇다. 내가 존경하는 반체제 투덜 가요의 대명사 비쇼츠키Vladimir Semyonovich Vysotsky, 국내에서 제작된 영화 〈호로비츠를 위하여〉의 피아니스트 블라디미르 호로비츠Vladimir Horowitz, 하바로프스크의 음반 가게에서 처음 구입한 CD의 가수 스베틀라나 블라디미르스카야Svetlana Vladimirskaya의 이름에도 있다.

10세기 키에프 공국 인근의 타민족을 잔혹하게 정벌하고 러시아 황제에 등극한 블라디미르 1세(956~1015)가 그 이름의 기원이라는데 천 년이 지난 지금 평화의 시대를 찾아 이곳에 온 객의 입장에서는 꽤나 낯설 수밖에 없다. 그래서일까. 블라디보스토크 거리의 차들은 도전적인 운전을 한다. 정체구간에서도 약간의 틈을 허용치 않고 전진하는 그들의 운전 솜씨는 아찔하기까지 하다. 도시는 무척 번잡했다. 오고 가는 사람들은 뜸했으나 이곳저곳이 공사판이다. 금각만에 다다르면 미처 감추지 못한 군사시설의 흔적들이 곳곳에서 눈에 띤다. 경계가 분명한 담벼락 안에는 각종 군함들이 팽팽한 긴장감을 숨긴 채 은닉해 있다. 함선들이 정박해 있는 항구에는 방파제가 없는데 해안선으로부터 깊숙이 굽어져 있는 까닭이다. 군사 요충지로서 함선이 정박하기에 천혜의 조건이라는 것은 다른 설명이 없어도 금방 눈치 챌 수 있다. 블라디보스토크는 러시아 태평양 함대 사령부가 주둔해 있는 군사기지로 소비에트 연방 시절엔 외국인들의 출입이 허용되지 않았었다.

아~ 이제 마음을 느긋하게 갖자. '정복Vladi'이라는 말이 거슬려 나 또한 경계심을 풀지 않으니 도시 탐구는커녕 관광도 하기 어렵겠다 싶은 마음에 눈길을 돌리니 군사기지의 긴장감과는 전혀 다르게 삼삼오오 해변의 오후를 산책하는 시민들의 웃음소리가 들린다. 나도 그들을 따라 걷는다. 꼭 들러봐야 할 곳들은 블라디보스토크 최고의 번화가인 스베틀라나스카야 거리를 중심으로 옹기종기 모여 있으니 다른 교통편이 필요 없다. 어슬렁거리며 걸어 다니기를 한 시간 여, 이쯤 되면 낯선 이국인의 옷은 허리춤에 동여매고 후줄근한 동방의 오후 햇살을 받아도 좋다.

어디든 항구에 가면 어판장을 찾는 게 일이었는데 여기에는 없다. 우리나라 동해에서 잡히는 명태며 고등어, 오징어 같은 고기들을 만날 수 있다면 얼마나 좋을까. 갓 들어온 고기 몇 마리 사서 좌판 깔고 서넛이 앉아 회 썰고 보드카 한잔 곁들이면 얼마나 좋겠는가 말이다. "눈이 있어도 망울이 없다"는 속담이 이곳만큼 적절할 데가 있을까.

혁명전사광장의 동상 앞에 쭈그려 앉아 담배를 물었다. 광장은 쓸쓸했고 거대한 인민의 깃발은 혁명전사가 움켜쥔 동상에서만 펄럭였다. 저쯤 어디였을까. 연해주 독립운동의 거목 최재형이 갓 서른의 청년 조도선, 우덕순 그리고 안중근에게 브라우닝 M1900 권총을 쥐어주며 마지막 인사를 나누던 그 건물이. 1909년 10월 채가구蔡家溝 역의 이토 히로부미 저격 실패를 하얼빈 역의 안중근이 성공시켰다는 소식을 듣고 그는 무슨 상념에 잠겼을까. 서양 중세풍의 건물이 즐비한 스베틀라나스카야 거리 어디쯤 러시아 국영 굼GUM 백화점이 있고 그 근처에 그의 건물이 있다는 얘길 들었었다. 건물의 위치쯤은 확인하고 싶었으나 확인할 방법은 없었다. 또 확인하지 않아도 괜찮았다. 나는 러시아 혁명(1917~1922)을 성공시킨 기념탑 앞에 있지 않는가.
조국 독립의 가치는 만인의 가치. 혁명의 가치 또한 만인의 가치. 넓은 광장의 중심에서 쓸쓸하게 나부끼는 깃발일지라도 저 동상이 서 있는 동안은 그들이 바친 청춘의 가치도 잊히지 않을 터이니 담배 한 개비에 젖은 상념은 이 정도로 접어도 좋을 듯하다.
"선생님, 여기는 사람들 모여 데모하기엔 딱인 거 같아요. 하하."
옆에 함께 쭈그려 앉은 〈직녀에게〉의 노시인 문병란 선생께 뜬금없이 말을 걸었다. 문병란 시인은 이미 70년대 이후부터 80년 5월의 광주를 넘어 한국 민주화 운동의 일세대로 필력을 나누어 오신 분이다.
"여보게 지상이. 언뜻 보기엔 물건 초라하고 행색이 구질구질해도 러시아란 나라 함부로 볼 게 아닐세. 이 사람들이 뭐라고 데모를 하겠나. 일 더 많이 시켜달라고 데모를 하겠나, 휴가를 줄여달라고 데모를 하겠나,

"이혼하면 남자는 개털 됩니다. 거의 전 재산을 여성에게 줘야 하니까요." 자본주의로의 전환을 선언한 러시아 전사의 깃발이 아직도 펄럭이는 이유를 이곳에서 들었다.

아님 교육비 더 내게 해달라고 데모를 하겠나, 허허."

공항에서 시내로 들어오는 버스에서 안내를 맡은 동북아 평화연대 Y 간사의 설명을 들었었다. 단체 일로 5년 전 이곳에 와서 맘에 쏙 드는 러시아 처자와 결혼을 했단다. 그사이 아이가 셋이나 생겼는데 그 처자 지금 육아 휴직 중이고 회사는 가끔 얼굴을 비치는 정도란다. 물론 월급은 국가에서 지급되는 걸로. 잠깐의 얘기 중에도 "에이, 설마" 하는 분위기가 역력했는데 그의 설명은 여기서 그치지 않았다. "러시아는 공휴일이 137일이예요. 거기다가 28일의 휴가를 더 받는데 그중 14일은 쪼개서 쓸 수 없어요. 무조건 한 번에 써야 해요." 이쯤 되면 분위기 썰렁해진다. 고작 열흘도 안 되는 휴가를 낼 수 없어 이 여행에 함께 오지 못한 지인들의 얼굴이 떠오른다. 생각해보자. 올해 내가 누릴 휴일은 며칠이었더라? 잠깐 동안 세어보니 115일이다. 업체마다 사정은 다르니 임의로 쓸 수 있는 휴일이 열흘쯤 더 있다 쳐도 125일 정도다. "대개는 오전 9시부터 오후 4시까지 근무합니다. 잔업 철야 이 동네에선 꿈도 못 꾸지요. 러시아에선 40대 이후 이혼하지 않은 부부가 흔치 않을 정도로 이혼율이 높습니다. 그런데 이혼하면 남자는 개털 됩니다. 거의 전 재산을 여성에게 줘야 하니까요. 그런데도 이혼을 감행하는 거 보면 러시아 남자들 참 대단합니다. 사회주의 시절의 제도가 많이 남아 있어서 유치원부터 중등 과정 그리고 국립대학의 경우에는 교육비가 무료구요. 아파도 돈 때문에 사람이 죽지는 않아요."

더 들을 것 없다. 들어봤자 배만 아플 뿐. 1인당 GDP 2만 4000불인 나라가 고작 1만 5000불도 안 되는 나라 사람들보다 못산다는 말이다. 불현듯 드는 시기심에 고작 내뱉을 수 있는 말이 "그래도 삶의 질은 우리가 낫잖아?" 정도.

아리따운 러시아 여인이 한국인 상사원을 만나 결혼을 하고 서울살이를 시작했단다. 낯선 서울의 삶이 모든 게 신기했는데 넓은 아파트, 괜찮은 자가용, 물건 많은 백화점, 그런데 채 1년이 못되어 짐 싸들고 다시 러시아로 돌아갔다는데 결정적으로 사랑하는 그대를 느낄 수가 없어서였다나. 아침 7시면 출근해서 밤 11시에 파김치가 되어 돌아오는 남편을 그녀는 이해할 수 있었을까.

"제가 이 얘기까지 하면 너무 배 아프실 거 같은데. 하하." Y 간사의 설명이 끝나지 않았다.

"러시아에는 다차Dacha라는 게 있는데요. 주말농장 같은 겁니다. 19세기 차르 시대부터 이어져온 제도인데 1970년대 말에 확대가 돼서 원하는 사람들에게 국가가 600제곱미터의 땅을 공짜로 나누어 주거든요. 러시아 가정은 대개 이곳에서 휴가를 보냅니다. 횡단열차를 타고 가다 보면 곳곳에 보일 겁니다."

혁명전사의 광장에 덩그마니 세워진 동상이 쓸쓸해 보인다는 말이 무색하다. 주말이면 이 광장에는 사람들이 차고 넘칠 것이다. 곳곳에는 좌판이 깔리고 누구는 노래하고 춤추고 또 누구는 저무는 햇살을 받으며 사랑하는 이와 눈부신 키스를 나눌 것이다. 이 광장이 만들어진 이후 지금까지 그렇게 사용되어 왔다. 혁명전사가 들고 있는 깃발이 바람에 펄럭이는 듯한 착각에 잠시 빠진다. 이제 나는 2차대전 때 쓰였다는 C-56 잠수함의 흔적을 보고 러시아 전역에 있는 꺼지지 않는 불꽃과 불꽃 속에 기록되어 있는 수많은 전사자들의 이름을 확인한 후 블라디보스토크 시내가 가장 잘 보인다는 독수리 전망대로 간다.

봐라, 이놈아.
낮아지니 얼마나 자세하게 보이는지를

· 독수리 전망대 ·

오를리노예 그네즈도orlinoye gnezdo 산에 오르는 동안 나는 그녀에게 단 한마디도 걸지 못했다. 그녀도 나처럼 케이블카를 탈까 말까 고민한 것 같았지만 그녀도 나처럼 가파르지 않은 언덕길을 걸어 올라가는 길을 선택했다. 내가 일행들과 하찮은 농담 몇 마디를 던지는 동안 그녀도 그녀의 지인에게 다정하게 말을 걸었다. 카메라 렌즈를 그녀에게 맞추고 싶었으나 섣불리 들이댈 수는 없었다. 그녀의 렌즈 또한 섣불리 나를 향하지는 않았다. 그녀를 담지 못한 렌즈에는 그녀 대신 '독수리 둥지'라는 이름, 그래서 흔히 '독수리 전망대'라 불리는 블라디보스토크에서 가장 높은 산의 전경들로 채워졌다.

금각만金角灣. 만의 형태가 소의 뿔을 닮았다고 해서 붙여진 이름이다. 그 위로 다리가 하나 있는데 길이가 3.1킬로미터. 세계에서 가장 긴 사장교斜張橋란다. 다리를 넘으면 루스키 섬 2012년 APEC 정상회담이 열린 곳이다. 크게 관심이 가지는 않는다. 보통 세계 정상이란 사람들의 모임이란 '자국의 힘을 바탕으로 세계 구조를 어떻게 재편해갈 것인가'를 논의하는 자리가 되지 않았던가. 20세기 초 중반 카스라 태프트 밀약(1905), 카이로 회담(1943. 11.), 얄타 회담(1945. 2.), 포츠담 회담(1945. 7.)부터 최근의 모든 정상회의까지 그들의 패러다임은 변한 적이 없었으니까.

2012년 APEC 정상들의 합의 사항도 '무역 투자 자유화와 지역경제 통합' '식량안보 강화' 또는 '혁신 성장 촉진을 위한 협력강화' 같은 것들이었는데 속내는 제 나라 것 덜 내주고 남의 나라 것 더 빼앗아오는 치열한 욕심의 현장, 그것도 자국의 서민을 위한 경제 활성화가 아니라 자국의 권력구조만의 강화를 위한 미사여구의 향연이 아니었던가 말이다.

연인의 어깨가 맞닿아 있다. 서로의 눈높이를 확인하며 그들은 사랑을 나눌 것이다.

문득 "우리는 먼 길을 너무 빨리 달려왔소. 오늘 하루는 여기 앉아서 미처 따라오지 못한 우리의 영혼을 기다릴 참이요." 대평원을 가로질러 달려온 인디언들이 말을 세우고 지나온 길을 뒤돌아보며 읊조리던 노래를 생각한다. 이곳에도 스모그 현상이 있는지 희끗하게 멀어진 루스키 섬으로부터 시야를 돌려 한눈에 들어오는 블라디보스토크 시내를 전망하고 바다로 나가는 배와 들어오는 배를 관찰하며 그 안에서 분주히 몸 쓰고 있는 선원들의 수고를 상상한다. 보스포러스bosphorus strait 사장교 위로는 속도감 있게 차들이 달린다. 저들의 질주 뒤를 따라 한 틈도 쉬지 않고 숨 가쁘게 쫓아가는 영혼의 모습이 보이는 듯하다.

독수리 전망대의 높이는 214미터. 히말라야나 알프스의 높이에 익숙한 내가 동네 야산보다 낮은 전망대의 높이 얘기를 들었을 때 큰 의미를 두지 않은 건 자연스러운 일이었다. 그런데 오른쪽은 항구, 왼쪽은 언덕에 기대고 사는 마을 그 사이엔 번화가의 고풍스런 건물들, 블라디보스토크 시내를 한눈에 보기엔 전혀 부족함이 없다.

금각만이 한눈에 들어온다. 저 아래 어디쯤엔 손 맞잡은 연인들의 보금자리도 있겠지.

그녀가 나를 보며 활짝 웃는다.
자세히 보니 더 예쁘다.

스파시바
시베리아

시인 안도현 형이 그랬다. "시를 어떻게 하면 잘 써요?"라는 물음에 "그냥 자세히 보면 안 되고 자자자세~에~~히 봐야 해요"라고. 그때 떠오른 시 한 수 "자세히 보아야 예쁘다. 오래 보아야 사랑스럽다. 너도 그렇다."(나태주, 「풀꽃」) 결국 나의 뇌리에서 빠지지 않는 에베레스트의 높이. 융프라우 전망대의 높이는 내가 도달하고 싶은 욕망의 수치일 뿐 나의 발자국이 찍히는 현실의 삶에서는 하나의 허구에 불과했다는 사실을 이곳 독수리 전망대에서 확인한다. "봐라, 이놈아. 욕망의 높이가 낮아지니 얼마나 자세하게 보이는지를." 누군가 나의 뒤통수를 치며 일갈하는 듯하다.

그녀가 나를 보며 활짝 웃는다. 나도 그녀를 향해 활짝 웃으며 손까지 흔든다. 그녀도 다시 나를 향해 손을 흔들어준다. 그녀는 이미 비잔티움 제국 수도사였으며 863년 슬라브어를 표기하기 위해 키릴 문자를 창안한 성 키릴로스와 성 메소디우스의 동상 앞에 서 있다. 드디어 한 컷. 오직 그녀만을 담기 위한 카메라의 셔터를 눌렀다. 그것만으로도 충분하다.

그리움은
꽃이 되어 흩날리고

· 블라디보스토크 역 ·

역의 풍경이 생소하지 않다. 적당히 복잡하고 적당히 한산하다. 대합실 의자에 앉아 있는 사람들은 대부분 무료한 듯 시계를 바라보고 그 안에선 우리 일행만 들뜬 듯 신기한 무언가를 찾고 있다. 여기가 어디인가. 꿈꾸듯 찾아간 땅 시베리아 횡단열차의 시작점이고 종착점이다. 누구는 짐을 잔뜩 꾸려 먼 곳으로의 여행을 시작하지만 누구는 초췌한 옷차림으로 긴 여행의 종지부를 찍는다. 블라디보스토크 역은 때론 들썩거리다가 때론 차분하게 나를 맞이해주었다. 천장의 벽화에 눈길이 먼저 간다. 벽화 아래 그림은 블라디보스토크의 전경을, 위 그림은 모스크바의 전경을 묘사했다. 이 열차를 타고 갈 수 있는 전부를 담기 위한 노력의 흔적이 곳곳에서 보인다. 역 앞 육교 위에선 지팡이를 세워둔 노인이 행인을 대상으로 구걸하고 있고 그 광경은 길 건너 동상으로 박제화 된 레닌이 지켜보고 있다. 9288킬로미터. 모스크바로 가는 세계 최장 철도임을 알리는 기념탑 앞에선 사람들의 기념촬영이 한창이다.
이 기념탑을 세우기 위해서 꼬박 26년이란 시간이 걸렸다. 1891년부터 1916년까지 러시아의 죄수들을 포함, 약 9만 명의 노동자가 혹서와 혹한, 기아와 고독을 이기고 건설했다. 흔히들 알렉산드르 3세 때 시작해 니콜라이 2세 때 완공되었다는 간략한 소개로 대신하는데 그로 인해 겪었을 러시아 민중들의 고통, 더군다나 삶의 터전을 잃고 고유의 언어까지 상실한 브리야트, 예벤키, 야쿠트, 타타르족 등 소수민족의 방황은 이곳 시베리아 횡단철도의 수많은 침묵 속에 묻혀 있다.
'나라를 뒤엎을 만한 토목공사'라는 말은 참 적절하다. 실제로 대형 토목공사가 벌어졌던 나라에서는 대개 나라의 주체가 바뀌었다는 역사적 증거가 이 말을 뒷받침한다. 아방궁과 만리장성을 쌓았던 진시황의 진나라는 고작 15년을 유지했을 뿐이고 총 길이 4800킬로미터의 대운하를 건설했던 수양제 양광楊廣은 왕으로 13년을 살다가 망했다. 구한말 고종의 섭정으로 권력을 유지했던 흥선대원군의 최대 실책이 경복궁의 중건重建이었던 걸 보면 러시아가 최대의 토목공사 뒤에 볼셰비키 혁명에 마주한 것도 어쩌면 자연스러운 역사의 흐름일지 모른다. 어쨌든 제정 러시아의 마지막 황제 니콜라이 2세는 볼셰비키 혁명군에 의해 예카테린부르크에서 1918년 4월, 생을 마감한다.
긴 플랫폼 위로 스멀거리며 기차가 떠난다. 떠나는 자와 보내는 자가 공존하는 이별의 현장은 그래서 늘 아프다. 그 둘 사이의 간극은 숱한 기다림으로 채워질 터이고 거기서 피어난 꽃은 그리움이 되어 기적 소리를 따라 서로를 향할 것이다. 하여 그 많은 삶의 현장 중 역전은 가장 슬픈 곳이 된다.

ОРСКОЙ

블라디보스토크 역.

9288킬로미터 시베리아 횡단열차 표석.

눈물이 나면 기차를 타고 선암사로 가라.
선암사 해우소로 가서 실컷 울어라.
해우소에서 쭈그려 앉아 울고 있으면
죽은 소나무 뿌리가 기어 다니고
목어가 푸른 하늘을 날아다닌다.
풀잎들이 손수건을 꺼내 눈물을 닦아주고
새들이 가슴속으로 날아와 종소리를 울린다.
눈물이 나면 걸어서라도 선암사로 가라.
선암사 해우소 앞
등 굽은 소나무에 기대어 통곡하라.

정호승, 「선암사」(『눈물이 나면 기차를 타라』, 창비, 1999.)

눈물이 나면 기차를 타고 선암사 해우소로 가라고 시인은 속삭이는데, 거기서라도 등 굽은 소나무를 끌어안고 통곡해보라고 부추기는데, 노모의 간절한 배웅을 받으며 차창에 얼굴 비비고 작별하는 저 여인은 어디로 가는 걸까.

치타, 노보시비리스크, 옴스크, 아니면 모스크바. 거기에 가면 그녀의 눈물을 온전히 받아줄 자작나무 한 그루 있을까. 그녀의 눈물이 떨어지는 순간 꽃이 되어 피어난 그리움은 대륙의 바람을 타고 시베리아를 건너와 이곳 블라디보스토크의 어머니 가슴에 안착할 수 있을까. 어쩌면 나도 선암사 해우소를 찾아야 할 심정으로 여기에 왔는지 모른다. 사는 날은 언제나 슬펐지만 나도 내 슬픔의 깊이를 알지 못했다. 무작정 날아온 길이었다. 그리고 무작정 달려야 할 길이 있다. 시베리아 횡단열차, 이 열차를 타고 떠나는 긴 여정 동안 나는 내 슬픔의 근원을 알고 싶다. 그러나 그 또한 내 욕망의 소산이라는 것도 안다.

한 번 더 긴 경적이 울리고 먼 곳으로부터 기차가 미끄러지듯 들어온다. 어디서부터 오는 기차인지는 모른다.

눈물이 대지를 적시니 꽃이 피더라

· 우수리스크 우정마을 ·

노시인의 이마에 노을빛이 물들었다. 서로의 목청을 뽐내는 시간. 그의 구수한 남도 사투리가 보드카 몇 잔에 불콰해진 연해주의 일몰 속에 빛난다. “아따 뭘 이런 걸 나까지 시킨다요. 나는 노래 못한다니께.” 하다가 “문병란! 문병란!” 하는 일행의 연호에 그만 두드리던 젓가락을 들고 일어선 터이다. 빈 술병을 찾아 젓가락을 꽂고 마이크 삼아 부르는 노랫소리에 일행은 뒤집어지며 박수를 치는데 “당신, 사랑하는 내 당신. 둘도 (둘도 셋도) 없는 내 당신. (여보 당신 사랑해요.)” 노시인의 신나는 노래에 일행은 추임새까지 넣어가며 보드카를 털어 넣는다.
우수리스크 우정마을의 솔빈 문화센터에서 열린 마지막 만찬이다. 이곳에서 생산되는 각종 채소와 러시아에서 손님 대접으로는 으뜸으로

치는 꼬치구이 '샤슬릭'이 주 메뉴인데 거기에 한국에서만 맛볼 수 있는 된장이 올라와 있었다. 연해주의 고려인 동포들이 재배하는 콩을 가공해 동북아 평화기금의 '바리의 꿈'을 통해 국내로 수출하는 된장. 동포를 살리는 된장이다. 서로에게 권하는 보드카의 양은 정량을 이미 초과했고 흥겨운 술자리는 파할 줄 모른다. 나도 술병 마이크를 잡고 노래 한 자락 했다.

"비 내리는 호남선. 남행열차에 흔들리는 차창 너머로 빗물이 흐르고 내 눈물도 흐르고."

지평선을 넘나드는 노을빛은 황홀 그 자체였다. 어떨 땐 지평선 안에 있는 모든 사물들을 빨아들이는 블랙홀 같기도 했고 또 어떨 땐 갓 초경을 마친 어린 처녀의 발그레한 볼 같기도 했다. 어느 누구도 심각하게 고려인의 삶에 대해, 민족의 아픈 과거에 대해, 그리고 분단과 통일에 대해 말하지 않았다. 샤슬릭을 굽는 화로 앞에는 재일동포, 조선족, 고려인, 통일 한국인이 각자 다른 복장으로 다정히 손잡는 벽화가 있었는데 그 자체가 우리의 바람이기도 하지만 또한 우리의 아픔이기도 하다.

하여 술에 취한 누구 하나쯤은 벌떡 일어나 '왜 우리의 역사는 같은 민족을 지키지도 못하고 이리도 추운 곳에서 고독하게 살게 하는가'에 대해 설법할 만했으나 그런 사람은 없었다. 연해주를 살고 있는 고려인 중 어느 누구도 그 말에 위로받을 이 없다는 것을, 그들은 우리가 겪지 못한 혹한의 세월을 묵묵한 웃음으로 승화시킨 '고통의 선배'들이라는 것을 일행 모두는 잘 알고 있었다.

강니콜라이 아저씨가 그렇고 인근 고향마을에 사는 최니키타 아저씨, 리나 아주머니도 그랬다. 그들은 고려인 2세. 그들의 아버지는 1937년 강제이주 때 기차를 탔다. 영문도 모른 채 스탈린의 소수민족 정책이라

상. 고려인의 숨 막히는 삶의 흔적은 작은 푯말로만 남아 있다.
하. 연해주 독립운동의 아버지 최재형이 살던 집.

는 종이짝 하나를 들이대는 소련군의 총부리를 따라가다 보니 소나 말, 돼지나 타는 화물칸 앞이었다. 그렇게 가재도구나 옷가지 하나 챙기지 못하고 단지 가족의 손만 잡으며 화물칸에 올랐다. 홍역이나 감기에 걸린 아이는 거의 죽었다. 비밀경찰의 눈에 띈 환자는 곧 격리되었다. 가족들에게는 완치 후 만나게 해주겠다고 했지만 그들은 돌아오지 않았다. 가축을 싣는 화물칸엔 화장실이 없었다. 며칠 만에 정차한 기차역은 금세 화장실로 변했다.

굶어 죽고 추위에 죽고 병 걸려 죽고 그

와중에 숙청당해 죽었다. 1937년 9월 9일부터 12월 31일까지 17만 2000여 명이 강제이주 당했고 1만 6500명이 사망했다. 이는 1923년 일본 관동 대진재 때 일본인의 조선인 학살의 두 배가 넘는 규모이다. 볼셰비키 인민혁명의 나라 스탈린의 연해주에선 더 이상 고려인은 찾아볼 수 없었다. 목적지는 중앙아시아, 카자흐스탄, 우즈베키스탄, 키르기스스탄, 어디든 상관없이 부려진 짐짝이 된 사람들은 혹한의 땅 시베리아 벌판을 가로질러 6000킬로미터를 유배당했다. 가난동이 아이였던 그들의 아버지는 가난을 먹고 장성했고 함께 가난을 먹고 자란 여인을 만나 그들을 낳았다. 악착같이 살았다. 그들이 비로소 콜호즈(대농장)의 주인이 되고 사장이 되고 그들의 자식들이 공무원이 되고 선생님이 되어 안정된 생활을 영위할 즈음에 소비에트 연방이 무너졌다. 나라의 체계도 언어도 바뀌었다. 그들이 소련 시절에 쌓아놓았던 수많은 고통의 흔적들이 일순간에 무너지는 순간, 이후 중앙아시아의 고려인들은 그 나라의 언어도 구사하지 못하는 차별받는 존재가 되었다. 누구는 공직에서 쫓겨났고 누구는 사업체를 빼앗겼다. 리나 아주머니의 남편 또한 집에 숨어든 도둑에 의해 숨을 거두었다. 그래서 다시 아버지의 땅 연해주로 돌아올 수밖에 없었던 사람들이 약 3만여 명. 우정마을엔 그중에 34가구, 고향 마을엔 14가구의 고려인들이 서로 살 부비며 산다.

노시인과 함께 우정마을을 걸었다. 먼 데 지평선의 노을은 이녁과 저녁의 경계를 긋듯 붉게 물들어 있고 그 빛은 아직 저물지 않은 마을의 길섶에 여린 풀들을 비추고 있었다. 대궁 튼실한 꽃들은 바람의 방향을 따라 살랑이다 이내 고개를 세웠으나 지천에 널린 풀들은 바람의 일렁임에 저항하지 못하고 이 바람 저 바람 타고 눕기를 반복했다.

시인이 말했다. "사람도 별반 다르지 않은 것이여. 저 봐. 줄기 튼튼한 놈들이야 서로 엉겨 붙지 않았잖여. 혼자 꼿꼿이 서 있잖여. 줄기 엉성

내가 길섶의 풀인 것을, 서로 엉겨 붙어
함께 바람맞고 함께 누웠다가
다시 함께 일어서는 수많은 민초 중
하나인 것을 시인에게 배우다.

한 것들 보시게. 서로 다닥다닥 붙어 살잖능가? 돈 있고 빽 있는 것들이야 이웃 척지고 혼저 살아도 되야. 돈도 읎고 빽도 없는 것들은 저 풀마냥 붙어 살아야 쓸 것인디 지 멋에 젖어설랑은 꼿꼿이 살라니께 그거시 살아지등가? 저 바람을 배겨 내것어?"

"이별이 너무 길다. 슬픔이 너무 길다. 오작교 없어도 노둣돌이 없어도 면도날이라도 딛고 칼날 위라도 걸어 우리는 다시 만나야 한다"(「직녀에게」)라고 절창했던 노시인은 연해주의 벌판에서 다시 같은 핏줄의 고통을 외면한 나를, 분단된 나라에 사는 나를, 아니 분단된 나라에 살며 아무렇지도 않은 듯 호흡하고 있는 나를 질책하고 있었다. 내가 저 길섶의 풀인 것을, 서로 엉겨 붙어 위로하며 함께 바람 맞고 함께 누웠다가 다시 함께 일어서는 수많은 민초 중 하나인 것을.

블라디보스토크의 신한촌에서는 4월 참변(1920. 4. 5.)의 희생자들을 만났었다. 서슬 퍼런 일제의 총칼이 이곳까지 날아들어 권업회와 대한 광복군 정부, 한민회 등을 통해 조국 독립의 의지를 불사르던 300여 명의 동포들을 원혼으로 만들었다. 그해 10월부터 이듬해 4월까지 간도 전역에서 3700여 명의 학살이 자행된 경신참변. 1923년 9월 도쿄 관동지역에서 6000~9000여 명이 죽임을 당한 관동대학살과 함께 일제가 저지른 3대 참변으로 기록된다.

보재 이상설도 만났었다. 간도에선 서전서숙을 설립하고 헤이그에선 고종의 밀사로 일제의 탄압에 대항했으며 미주에선 애국동지 대표회의 연해주 대표로, 블라디보스토크에선 성명회로 권업회로 조국 광복을 위해 뜨거운 청춘을 바쳤던 그가 발해성터를 휘감고 도는 우수리스크의 수이푼 강가에 조용히 서 있었다. 조국을 되찾지 못했으니 나의 모든 흔적을 불태우고 제사도 무덤도 만들지 말라고 유언했다던가. 그의 유해가 뿌려진 수이푼 강은 황톳빛으로 넘실대는데 유허비 주변에는 나무 몇 그루 쓸쓸하게 서 있었다.
최재형이 살던 집, 그리고 4월 참변의 날 들이닥친 일제의 총에 숨을 거둔 그 집엔 러시아인이 산다. 우리 정부가 인수해 그의 삶을 기리려고 했으나 집주인이 턱없는 가격을 제시했단다. 구체적인 액수는 알 수 없다. 그러나 한 가지는 확실하다. 서울에 있는 어느 골목길 포장도로 공사를 한 번만 하지 않아도 충분히 인수할 수 있다는 것을. 그가 없었다면 국권 침탈 후의 독립운동은 존재하지 않았다. 연해주의 거인으로 대한민국 임시정부의 재정부장이 되어 가산을 모두 바치고 말년엔 끼니 걱정하며 살았던 그의 삶은 숙연하고, 해방된 조국 어디에서도 그의 이름을 찾을 수 없다는 건 죄스럽다.
그는 11명의 자식을 두었다. 첫째 표트르는 볼셰비키 혁명 때 시베리아에서 전사했고 발틱함대 포병장 출신 둘째 파벨은 일본 간첩 혐의로 처형됐다. 셋째 발렌틴과 다섯째 딸 올가도 함께 옥고를 치렀다. 국가은행의 회계원이었던 셋째 딸 류보비는 일하다 체포되어 총살되었고 사위 7명 중 5명도 총살당했다.(『유라시아의 고려인 디아스포라의 아픈 역사 150년』, 김호준, 주류성, 2013.) 아버지는 일제에 의해, 후손들은 스탈린의 폭정에 의해 전 가족이 희생된 대표적인 예이다. 그중 비교적 평탄한 삶을 살았던 여섯째 딸 최류드밀라가 94세의 일기로 숨을 거두었을 때 그녀의 관 위에는 태극기가 덮여 있었다.
우수리스크 볼로다르스카야 38번지 최재형이 살던 집에는 대한민국 정부가 하사(?)한 유일한 팻말이 붙어 있다.
“이 집은 연해주의 대표적 항일 운동가이며 전로 한족 중앙총회 명예회장으로 활동하였던 최재형 선생이 1919년부터 1920년 4월 일본 헌병대에 의해 학살되기 전까지 거주하였던 곳이다.” 뽀얀 먼지를 뒤집어쓴 팻말이라도 닦아주고 싶었으나 팔이 닿지 않았다.

저녁 햇살이 길게 늘어지더니 순식간에 어둠이 찾아온다. 샤슬릭을 굽는 장작불빛도 사그라지고 준비한 보드카도 바닥을 드러낸다. 좀체 오르지 않던 취기가 한꺼번에 몰려오고 발걸음이 무뎌진다. 많이 먹고 많이 마셨다. 연해주 이주 150년을 맞는 고려인들의 끈질긴 삶의 노력을 보았고 그 안의 눈물과 아픈 역사, 그보다 더 큰 희망의 덩어리도 보았다. 대륙의 역사를 버텨온 고려인들에게 꼭 드리고 싶었던 말 한마디는 가슴 한구석에 묵직한 돌이 되어 남았다. "살아주셔서 고맙습니다."

이제 우정마을에서의 첫 밤을 뒤로하고 우수리스크 역으로 가야 할 시간. 심야 열차를 타고 72시간을 달리면 나는 하바로프스크와 벨로그르스크, 치타와 울란우데를 지나 바이칼의 도시 이르쿠츠크에 도착할 것이다.

왜 우리의 역사는 같은 민족을 지키지도 못 하고 이리도 추운 곳에서 고독하게 살게 하는가.

속살로 맞는 태양, 속살 내보이는 강물

· 하바로프스크 아무르 강변 ·

러시아의 영토 확장에 지대한 공헌을 했던 코사크인 예르막 티모페예비치의 후손들 중에는 예로페이 하바로프Yerofey Khavarov(1603~1671)도 있었다. 시베리아 동진에 참여했던 많은 탐험가 중의 하나로 기록되었지만 기실 그 역시도 자신의 탐욕을 채우기 위한 정벌자 이외에 다름 아니다. 당시 러시아 재정의 막대한 부분은 시베리아로부터 전달되는 금, 은, 다이아몬드 그리고 각종 동물의 외피 등으로 채워졌고 대부분은 러시아 상류층들의 욕망을 해소하는 데 쓰였으니 그 또한 충실한 '욕망의 전달자'라고 평가하면 지나친 것일까? 하바로프의 동시베리아 정벌은 1649년부터 4년여에 걸쳐 아무르 강변을 따라 이루어졌다. 당연히 그의 원정대가 지나간 곳은 어디든 파헤쳐졌고 원주민들은 자취

도 없이 사라졌다. 1652년엔 아찬스크라는 도시를 세웠고 러시아 땅으로 편입시켰다. 소수민족인 아찬족이 살았던 곳이다. 이후 네르친스크 조약으로 청나라 땅이 되었다가 1858년 아이훈 조약으로 다시 러시아에 복속되었는데 그때 도시의 이름도 하바로프스크로 명명된다.

하바로프스크역 광장은 후덥지근하다. 한여름 기온이 18도에서 32도를 넘나드는 변덕쟁이 기후의 도시인데 서 있는 것만으로 땀이 흐르는 걸 보니 대략 30도쯤은 되는 듯하다. 기차역을 빠져나오는 러시아 남자들 중 상당수는 웃통을 아예 벗어 젖혔고 일부는 광장 한가운데 서 있는 하바로프의 동상 앞에서 기념촬영을 한다. 광장 한 켠 노점에선 각종 과일과 즉석 음료를 팔고 있었는데 선뜻 손이 가질 않는다. 연일 이어졌던 보드카 행진으로 속이 불편한 탓이다. 아무르 강변에 가고 싶다. 물론 일정에 포함되어 있는 게 당연하지만 후줄근한 속을 달래는 데는 한 모금의 음료보다는 시원한 강바람이 더 낫겠다 싶다. 인투어리스트 호텔에 짐을 맡기고 향토 박물관으로 향한다. 박물관은 아무르 강변에 있고 거기서 아무르스키 거리를 따라 올라가면 콤소몰 광장 그 앞에 성 마리아 성당(성모승천사원)이 있다. 향토 박물관 입구의 후미진 곳에 거북이가 한 마리 있다. 우수리스크의 거북이 공원에서 봤던 것과 모양 크기가 동일하다. 형태로 보아 발해시대 5경 15부의 꽃을 피웠던 우수리스크의 단란한 거북이 부부가 분명한데 그중 하나가 1000킬로미터나 떨어진 이곳의 그늘진 곳에 외롭게 홀로 있는 것이다. 살아 있어도 100년, 돌로 만들었으니 천 년, 이천 년 영원히 해로할 부부를 누가 무슨 연유로 옮겨왔는지 모를 일이다. 누군가 그 땅을 점령하며 다정한 거북이 부부를 시샘했을 터이고 국운이며 민족정기 등을 운운하며 생이별시켰을 것인데 침략의 역사라는 게 인간 스스로를 어디까지 파괴해야 직성이 풀리는 것인지 그 끝을 형태만 남은 홀로된 거북이가 나에게 묻고 있다.

향토 박물관에 들어서 2층으로 올라가면 가장 인상적인 한 장면을 만날 수 있다. 2차 세계대전 당시 포탄에 맞아 쓰러진 통신병의 미니어처가 그것인데 주위는 온통 아수라장, 책상에 앉아 긴급한 원조를 요청했던 병사는 어디에선가 날아온 파편에 맞아 피를 흘리고 병사의 손을 떠난 수화기는 책상 위에서 그의 다급한 타전 소리를 기다리고 있다. 병사는 엎드려 숨을 거두고 그의 등줄기를 타고 내리는 선명한 핏줄기가 방문객의 오금을 저리게 한다.

전쟁은 어떻게 죽였는가가
아니라 어떻게 죽었는가로
기억되어야 한다.

"당신은 왜 전쟁을 하려 하는가, 전쟁은 상대방을 죽이는 일이 아니라 당신이 죽는 일인데도 말이다." 전장의 참혹함. 우크라이나역 광장에는 전장에 나가 돌아오지 않는 아들을 기다리는 어머니 상이 있고 러시아의 대도시 전역에는 2차 세계대전 종전 이후 한 번도 꺼지지 않았다는 불꽃이 있다. 불꽃은 여기 아무르 강변 콤소몰 광장 옆에서도 수많은 전몰자의 이름과 함께 타오르고 있다. 바이칼 호수 안의 제일 큰 섬 알혼에도 전장에 나가는 아들을 안타까이 바라보는 가족이 조각되어 있다. 모스크바를 떠나 바이칼로 향하는 기차가 우랄산맥을 넘어 예카테린부르크와 노보시비르스크를 지날 때였던가. 보드카에 은근히 취할 때면 지평선의 끝자락에 펼쳐진 자작나무 군락을 보며 군가를 흥얼댔었다.

"라스츠비탈리 야블리니 끌루쉬 파프일리 투마니에 나드리 코이. 오, 노래야 처녀의 노래야, 날아라. 저 빛나는 태양을 머나면 국경의 병사에게 카츄샤의 사랑을 전해 다오."

2차 세계대전 당시 소련군이 가장 많이 불렀다는 러시아 군가 〈카츄샤〉

는 우리나라로 따지면 아리랑과 같다. "너와 내가 아니면 누가 지키랴"나 "전우의 시체를 넘고 넘어" 따위의 노래를 군가로 알았던 나에게 〈카츄샤〉의 가사는 충격이었다. 세태 비판은 고사하고 허무조차 금지곡의 명분이 되었던 시절에 그 노래들을 부르며 자랐던 가수에게 러시아 군가 〈카츄샤〉는 이해하기 참 난감한 노래였다. "머나먼 국경의 병사에게 카츄샤의 사랑을 전해다오." 이 구절이 어떻게 군가가 될 수 있단 말인가. 전쟁을 기억하는 방식의 차이. 용산 전쟁기념관이나 일본 야스쿠니 옆의 류슈칸(일본 전쟁기념관)엔 고대부터 사용된 무기가 전시되어 있다. 그것도 아주 살벌하게. 전쟁기념관은 무기 전시장이 되어선 안 된다. 굳이 전쟁을 기념하려면 '사람을 어떻게 죽였는가보다 사람이 어떻게 죽었는가'가 기록되어야 한다. 그 선명한 명제를 하바로프스크의 향토박물관에서 다시 확인한다.
아뿔싸. 과연 이 광경이 동토의 땅 시베리아에서 가능한 풍경이란 말인가. 아무르 강변을 걸으며 강 건너로는 희미하게 중국 땅이 보이고 이 쪽의 널따란 모래사장으로는 수백 명쯤 되어 보이는 사람들이 일제히 드러누워 있다. 장관이다. 지구의 북쪽으로 갈수록 햇살 좋은 여름이면 어디서든 일광욕 행렬이라 하더니 여기가 딱 그 모양이다. 속살을 드러낸 가뿐한 차림으로 태양을 받아

전장에 나가는 아들을 배웅하는 어머니와 아내 알혼 섬.

들이는 그네들의 자유가 부러워 이곳 저곳을 둘러보지만 눈길을 멈출 수 있는 곳은 없다. 옷가지를 죄다 갖추어 입고 카메라까지 들고 있는 나는 이곳의 자유로부터 소외되어 있다. 결국 카메라 셔터 한 번 제대로 누르지 못하고 모래사장을 빠져 나온다.

아무르 강은 몽골 초원에서 시작해 중국과 러시아의 국경을 오가며 3500여 킬로미터를 흘러 이곳에 왔다. 인간이 쌓아놓은 경계를 허무는 일이 쉬웠을까, 국경을 넘나드는 일이 쉬웠을까. 유독 낮은 곳만을 따라 흘러 여기까지 오는 길이 쉬웠을까. 여름날 하바로프스크의 시민들은 인간이 가진 가장 원초적인 순수함과 몸짓으로 자신의 속내들을 강물에 던져 넣는다. 마치 3500킬로미터를 쉬지 않고 흘러온 강물의 고단함을 위로하는 경건한 의식을 보는 듯하다. 사람들의 응원을 받은 강물은 앞으로도 1000킬로미터를 더 흘러야 한다. 그렇게 오호츠크해 또는 동해로 스며드는 아무르 강은 세계에서 8번째로 길다.
니콜라이 무라비요프-아무르스키Nikolay Nikolayevich Muravyov-Amursky는 1858년 아이훈 조약을 통해 연해주를 러시아 땅으로 편입시키는 데 지대한 공을 세웠던 인물이다. 그의 동상이 향토 박물관 앞에 세워져 있고 고즈넉한 산책길을 따라 강변으로 가면 그리 높지 않은 절벽 위로 등대가 있다. 조그만 문을 열고 들어가니 거기엔 또 다른 별천지가 있다. 수평선이다. 햇살 번져 금빛으로 반짝이는 아무르 강의 뒤태가 황홀하다. 어디서든 맛이 없었을까마는 시베리아 여행 중 이곳 등대에서 마신 맥주는 최고 중의 최고였다. 강물을 바라보며 왼쪽으로는 광활한 백사장. 거기서 뿜어져 나오는 자유, 그리고 오른쪽으로는 수평선, 분명 바다로 향하는 아무르 강의 뒷모습은 이별이었으나 전혀 고독하지 않았다. 오히려 강바람은 내 쪽으로 불어와 긴 여행의 객고를 달래주는 듯했다.
그날의 술자리는 그렇게 시작됐다. 시베리아 벌판에서의 낮술. 아무르 강변을 산책했던 일행들이 하나둘씩 가세하고 넘치는 각자의 이야기들이 강물에 노을빛이 물들 때까지 계속됐다. 날이 저물고 강물이 검푸르게 흐를 때쯤엔 카페의 맥주도 동이 났다. 카페가 생긴 이후로 처음 있는 일이라고 했다.
"우취스 절벽이 어디인가요?" 한동안 잊고 있었던 지명 하나를 러시아 여인에게 물었다. 여인이 싱긋 웃으며 대답했다. "바로 이 자리인데요."
"아. 그렇군요……."
얼버무릴 수밖에 없었다.

속살 내보이는 강물 아무르 강.

그때도 강물은 저렇게 흘렀을 터이다. 긴 여행의 고단함으로 흘러와 순진한 사람들의 마을을 만나고 다시 힘을 얻고 새 행장을 꾸려 쓸쓸하지 않은 이별의 길에 들어섰을 것이다. 1918년 9월 그날의 강물도 그렇게 흘러왔고 그녀를 싣고 떠났다.

"김알렉산드라."

그녀의 육신을 떨군 곳이 바로 이곳이었다는 사실을 확인하며 흠칫 놀라지만 불콰해진 술기운을 빌려 평정을 찾는다. 절벽 아래로 넘실대는 강물을 지나면 짙은 어둠이다. 그 위로 시베리아의 별빛들이 하나둘씩 떠오르기 시작한다. 저 하늘 어디라도 좋다. 저 강물 어디라도 좋다. 어둠의 한복판에 그녀의 이름을 새겨본다. 그리고 마지막 남은 맥주잔을 들이킨다.

다시 연애를 하라면 이 여인과 하겠다

· 맑스 거리의 김알렉산드라와 낙동강의 로사 ·

두툼한 모피코트에 샤프카(모피 모자)를 쓴 행인들이 간간이 지나갈 뿐 하바로프스크 시내는 꽁꽁 얼어붙었다. 나지막한 건물들은 옛 유럽의 고풍스러운 도시를 옮겨놓은 듯 기품이 있고 눈 쌓인 지붕 위로는 한 무리의 비둘기 떼가 날고 있다. 어쩌다가 교차로 같은 데에선 비둘기 모이를 주는 사람들을 만날 수 있는데 그 광경이 이채롭다. 거리 이름은 기억나지 않는다. 아마도 레닌 아니면 맑스, 그도 아니면 하바로프스크에서 가장 유명한 아무르스키, 이 셋 중의 하나일 것이다. 러시아 대도시의 거리 이름이 대부분 그러니까.

"무라비요프-아무르스키가 유명하긴 한가 봐요. 5000루블짜리 지폐의 표지모델이던데……." 몽골 초원에서 자그마한 게르 하나 짓고 사는 게 꿈이라던 K 선생이 지폐를 보여준다. 5000루블이면 우리 돈 20만 원. 현금 20만 원짜리 고액권이 있다는 것도 그때 알았지만 표지 인물이 아무르스키라는 건 상당히 의외다. '아무르스키가 대단한 사람이다'라는 반응보다는 명색이 '세계 양대 사상을 이끌던 사회주의의 종주국인데 너무 빨리 변하는 것 아닌가'라는 생각이 먼저 드는 게 사실. 500루블

에는 18세기의 황제 표트르 대제가, 1000루블에는 러시아의 전신 키예프공국을 중세국가의 반열에 올려놓은 야로슬라브 공이 그려져 있다니 거의 모든 화폐에 크렘린 궁과 레닌의 초상이 그려졌던 구소련 시절과 크게 대비된다. '세계 인민주의'를 주창했던 국가 이념이 자국의 전성기를 구가했던 인물을 통해 '러시아 민족주의'로 급격하게 전환되는 과정을 겪고 있는 것 아닌가 싶어 가슴이 뜨끔하다.

레닌 광장에는 갖가지 모양의 얼음 조각이 가득하다. 가만히 살펴보면 얼음을 그어낸 조각칼의 흔적들이 선명하게 남아 있다. 낮과 밤 사이를 오가면 얼음 녹은 자국이 있을 법도 한데 애초 만들어놓은 그대로 그

자리에 있는 것이다. 역시 시베리아답다. 시베리아에서 한겨울의 태양은 그 어떤 것도 녹이지 못한다.
죽음의 골짜기에 갔었다. 볼셰비키 혁명 당시 가장 많은 적군이 희생되었던 곳, 우리로 따지면 서대문 형무소 같은 곳이다. 지난 여름 우춰스 언덕의 별빛에 이름을 새겼던 '김알렉산드라'가 백위파 칼뮈코프의 수하에게 총을 맞은 곳이기도 하다. 마땅한 재판 절차도 없이 포로들의 눈에 흰 수건이 씌어졌다. 그때 김알렉산드라가 일갈한다. "수건을 벗겨라. 난 죽음 따윈 두렵지 않다." 김알렉산드라의 최측근으로 볼셰비키 혁명에 참여했던 항일 운동가 이인섭이 강제이주 당해 쫓겨난 땅 우즈베키스탄의 안지잔시에서 기록한 「김알렉산드라 페트로브나 회상록」에는 그녀의 최후를 이렇게 기록하고 있다.
"존경하고 친애하는 동지들, 남성들, 여성들, 노인과 젊은이여, 오늘 우리 적이 많은 우리의 애국자들과 나의 전우들과 그리고 나의 생명을 앗아가지만, 그러나 그들은 우리가 수행하던 과업은 없애지 못할 것입니다. 조선의 후손들이여! 지금 나의 걸음은 바로 조선의 열세 개 도입니다. 각각의 도에 공산주의의 씨앗을 뿌리고, 모든 장애 바람, 폭풍을 극복하여 프롤레타리아에게 자유와 독립을 가져다주며 자본가들과 지주들에게는 죽음을 가져다주는 꽃을 피우십시오. 조선 13도의 젊은이들이여, 그 꽃을 손에 들고 조선의 자유와 독립을 성취하십시오. 그것은 그대들의 자랑이 될 것입니다. 여러분 모두는 우리의 후예들이 조선을 해방시키고 사회주의를 어떻게 건설하는지를 보게 될 것입니다. 조선 독립 만세! 소비에트 만세! 볼셰비키당 만세! 세계 혁명 만세!"(「알렉산드라 김의 전기」, 남문희, 『시사저널』 216호, 1993. 12. 16.)
고려인 최초의 공산주의자이자 1918년 이곳 하바로프스크에서 창당된 한인사회당의 중추로 러시아 사회민주 노동당 극동지역 외무위원으로 빛나는 청춘을 살았던 그녀의 나이는 서른셋이었고 그녀의 사형이 집행된 그날은 1918년 9월 16일. 그해의 달이 가장 밝은 날, 추석이었다.
"타민족 출신으로 왜 러시아 내전에 관여하는가"라는 백위파의 질문에 "나는 사회주의자다. 러시아 볼셰비키와 함께 사회주의를 위해 투쟁하는 것이 조선의 진정한 해방을 위하는 것이다"라는 답으로 볼셰비키와 더 이상 손잡지 않으면 석방해주겠다는 회유조차도 "세계의 모든 노동자의 행복을 위해 기꺼이 죽겠다"(「김알렉산드라의 독립운동」, 박노자, 『한겨레』, 2003. 5. 25.)라고 단호히 거절했던 그녀의 시신은 우춰스 언덕을 휘도는 아무르 강에 던져졌다. 그날 이후 하바로프스크의 시민 누구도 아무르 강변에선 낚시를 하지 않았다.
1920년 상해에서 간행된 『독립신문』은 김알렉산드라를 "혁명사상으로는 대한 여자의 향도관嚮導官으로, 사회주의자로는 대한 여자의 선봉장, 자유정신으로는 대한 여자의 고문관顧問官, 해방투쟁으로는 대한 여자의 사표자師表者"(1920. 4. 17.)로 기록하고 있다.

맑스 거리 22번지를 찾아간다. 그녀의 흔적이 선명한 글씨로 새겨져 있는 동판을 확인하기 위해서다. 버스에서 내려 잠깐 동안 걸어가는 시간에도 시베리아의 칼바람은 멈출 줄을 모른다. 붉은 벽돌로 지은 지 얼마 되지 않은 깨끗한 건물이었다. 그녀의 영혼이 그곳에 살고 있었다. 조선 독립과 세계인민 해방을 위해 온 삶을 바친 그녀가 왜 초라한 몇 글자의 기록으로 여기 있어야 하는지를 생각하면 숙연해지지만 그나마 그녀의 고국에서 2009년 건국훈장 애국장으로 추서된 일과 새로 지은 건물임에도 잊지 않고 동판을 붙여 그녀를 기억하는 시베리아가 있으니 마음을 누그러뜨릴 수 있다.

맑스가 22번지 연해주의 중심에 선명히 새겨진 그녀,
김알렉산드라.

죽음의 골짜기 이곳에서 그녀는 조선의 독립을 열망하며 쓰러졌다.

로사는 안녕한가. 콤소몰 거리 89번가 조명희가 살던 집을 걸으며 문득 그녀의 이름을 떠올렸다. 사랑하는 사람 박성운이 일제의 감옥에서 풀려나온 날 마을로 오는 뱃전에서 불렀다는 그녀의 노랫소리가 빈 가지를 세차게 흔드는 바람처럼 조명희의 목조건물을 휘감는 듯하다.

"봄마다 봄마다 불어 내리는 낙동강물
구포벌에 이르러 넘쳐 넘쳐 흐르네
흐르네. 에~헤~야

철렁철렁 넘친 물 들로 벌로 퍼지면
만 목숨 만만 목숨의 젖이 된다네
젖이 된다네. 에~헤~야

이 벌이 열리고 이 강물이 흐를 제
그 시절부터 이 젖 먹고 자라왔네
자라왔네. 에~헤~야

천년을 산 만년을 산 낙동강 낙동강
하늘가에 간들 꿈에나 잊을쏘냐
잊힐쏘냐. 에~헤~야"

제목이 적혀 있지 않으니 제목을 모른다. 한번도 들어본 적 없으니 선율도 모른다. 다만 억대호 같던 애인이 일제의 지독한 형벌에 못 이겨 산송장의 모습으로 돌아왔을 때 그를 바라보며 노래 부르던 로사의 애달픈 눈빛만 아른거린다. 결국 만주 노령 북경과 상해를 누비던 독립운동가로 다시 고향으로 돌아와 '브나로드-민중 속으로-' 운동을 주창하며 농민운동으로 일제에 저항했던 지식인 박성운은 수많은 깃발의 맨 앞 행렬의 "고 박성운 동무의 영구"라는 글귀 속에 묻히고 애인을 떠나보내는 백정의 딸 로사는 그녀의 만장에 이런 글귀를 남긴다.

"그대는 평시에 날더러 너는 최하층에서 터져 나오는 폭발탄이 되라 하였나이다. 옳소이다. 나는 폭발탄이 되겠나이다. 그대는 죽을 때 날더러 너는 참으로 폭발탄이 되라 하였나이다. 옳소이다. 나는 폭발탄이 되겠나이다."

첫눈이 푸득푸득 내리는 어느 늦은 아침 구포역을 떠나는 기차 안에서 들창으로 하염없이 바깥을 내다보던 여인 로사를 배웅하는 작가 조명희는 이렇게 중얼거린다.

"필경 그도 머지않아 다시 잊지 못할 이 땅으로 돌아오겠지."(『낙동강』, 조명희, 범우사, 2008.)

소설 『낙동강』의 여주인공 로사는 사랑하는 사람을 잃은 대가로 더 큰 사랑을 얻었는지도 모른다. 그녀는 소설 속의 남주인공 박성운의 행적을 따라 독립운동의 자취를 남겼을 것이고 그곳은 서간도나 연해주 아니면 지금 내 눈앞에 있는 조명희의 목조건물 2층일 수도 있다. 조명희가 낙동강을 『조선지광』에 발표한 것이 1927년 7월, 그리고 이듬해인 1928년 작가 자신도 로사를 따라 연해주로 망명한다. 소설 속의 주인공을 혼자 떠나보낸 것이 마음 아팠던 것일까, 하바로프스크의 이 집은 1935년부터 가족이 강제이주 당한 37년까지 살았다. 아내 황명희는 1937년 말 어린 세 아이(선아, 미샤, 발로쟈)가 보는 앞에서 소련 비밀경찰에 의해 남편이 끌려가는 모습을 보아야 했다. 그리고 남편의 소식을 모른 채 중앙아시아로 끌려갔다. 3일이면 충분히 돌아온다던 남편 조명희는 이듬해 1938년 5월 당시 연해주에 있던 조선 지식인들이 그랬듯이 일제의 간첩 혐의를 받고 사형 당했다.
조명희의 낡은 목조건물 2층을 한참 동안 바라보다가 '스스로 폭발탄이 되겠나이다' 다짐했던 소설 속의 인물 로사가 강제이주 당했으면 어쩌지 하는 생각을 하다가 이내 '방정맞은 이놈의 몽상' 하며 머리를 툭툭 쳤다. 소설을 읽으며 이미 내 애인이 된 사람, 불의에 저항하는 폭발탄이 된 여성 혁명가를 그런 못된 상상 속에 가둘 수는 없다. 현실이 질곡인데 상상마저 닮아갈 수는 없는 일이다.

혹한을 알아요?
실핏줄 터질 듯한 짜릿함

· 영하 40도의 하바로프스크 거리 행군 ·

인투어리스트 호텔에 들어온 시간은 오후 5시. 여름날 백야는 한겨울 흑야로 이어지니 사방은 벌써 어둠이다. 그렇다고 호텔방에 박혀 이국의 한밤, 거기다가 설국의 땅 시베리아의 밤공기를 안 마실 수 있겠느냐며 일행을 꼬드겨 아무르 강변을 거닐었다. 처음엔 견디기 만만한 바람이었는데 30분쯤 지나니 점차 한기가 속살로 파고들어 서 있기조차 힘들다. 가까운 찻집이나 맥주집 찾아서 몸 녹이며 담소나 나누면 좋겠다 싶어 일행들과 의견을 나누는 그때 시베리아 여행을 총괄하는 본부장 K가 나타났다. 그는 일행들이 호텔에서 사라진 사실을 뒤늦게 알고 부랴부랴 쫓아온 터였다.

"아니, 여기서 뭣들 하고 계셔어? 내가 좋은 데를 알고 있어요. 거기를

가봐야 혀어~." 느릿한 충청도 사투리를 구사하는 그이지만 일행을 앞서 가는 그의 발걸음은 몹시 빨랐다. 낮에 하바로프스크에서 들러야 할 곳은 대부분 들렀으니 마땅한 교통편이 없는 야간에 갈 곳은 술집밖에 없다. 그렇게 일행들은 믿고 있었다. 콤소몰스크 광장 앞 상가에는 몇몇 가게의 불이 켜져 있었다. 중국집도 있었고 맥주병이 그려져 있는 간판도 두어 개 있었다. 그곳을 지나쳤다. 얼마나 좋은 곳이기에 여길 그냥 지나치나 싶었으나 무작정 따라 걸었다. 종로 한복판의 홀 넓은 맥주집이나 소박한 탁자에 생선구이를 파는 집까진 아니더라도 열댓의 여행객이 모여 "한겨울 시베리아를 위하여 건배" 한 번 외칠 수 있는 아담한 가게를 상상했다. 날이 이렇게 추우니 따뜻하게 데운 사케 한잔 마시면 더 바랄 게 없는 밤.

광장 모퉁이를 돌아서니 가로등 몇 개 반짝이는 인도를 따라 희미하게 언덕이 보인다. 설마 저 언덕을 넘는 건 아니겠지, 의심이 들었지만 그 언덕을 넘었다. 이어 나오는 사거리 저쯤 어디에서 꺾어지면 거기에 목적지가 있겠지 했지만 그 사거리도 지나쳤다. 눈 쌓인 인도 위로 간간이 눈발이 흩날렸다. 도로 주변의 집들 중 불을 환히 밝힌 곳은 없었고 단지 가로등 몇 개와 어쩌다가 한 대씩 지나가는 차의 라이트 그리고 서늘하게 우리를 비추고 있는 시베리아의 초승달이 불빛의 전부였다. 등줄기에는 땀이 솟았는데 손과 발은 모두 얼었다. 마스크를 쓴 얼굴은 입김이 얼어붙어 짙은 서리가 내려앉았다. 더 이상 담소하며 걷는 산책이 아니다. 이건 군대에서도 해보지 못한 혹한의 야간 행군이다. 그렇게 30여 분을 더 걸었을 때 내가 물었다

"아니, 본부장님. 여기에 뭐가 있다는 겁니까?"
"허허. 아녀어~ 좋은 데 있어. 쫌만 더 가믄 되어어."
소매로 콧물을 훔치며 익살스러운 몸짓으로 대답했다. 그의 안경에도 서리가 하얗다. 결국 그의 걸음이 멈춘 곳은 영광의 광장Glory square을

지나 하바로프스크 주립 대성당Transfiguration Cathedral 앞이다. 광장엔 소비에트 시절 국가 훈장을 받은 하바로프스크 사람들의 이름을 새긴 기념탑과 꺼지지 않는 불꽃이 있고 그 아래엔 2차 세계대전 때 전사한 이들의 추모비가 있다. 하바로프스크 방문이 세 번째인 나는 당연히 들러본 곳이지만 이번 여행에선 빠졌던 곳인데 기어코 이 양반이 일행을 끌고 온 것이다.

"자~ 여기가 전망이 젤루 좋은 곳이어요. 얼렁 사진들 찍으셔어~."

대성당이 이곳에서 가장 높은 데 있는 거 맞다. 휘돌아치는 강물이 가장 선명하게 보이는 곳도 맞다. 러시아에서 세 번째로 큰 성당이니 당연히 들러야 할 곳도 맞다. 그런데 K 본부장과 우리의 목적은 완전히 달랐었다는 걸 이제야 확인하다니. 버스로도 10여 분 거리인데 걸어 왔으니, 그것도 시베리아 삭풍을 참으며 걸어 왔으니, 간단히 맥주 한잔 하자고 나섰다가 앞장선 사람 잘못 만나 심야의 행군을 한 셈이 아닌가. "아니, 성당 옆에 무슨 맥주집이 있다고 여길 끌고 왔어요?" 일행 중 한 사람이 볼멘소리를 했다. "에? 아까 쩌그서(호텔 옆 아무르 강변) 모여 있을 적에 어디 갈 데 없어서 그런 거 아녔어어? 난 그래서 여그 구경시켜 드릴라구 왔지이." 모두들 기막혀 하는 표정이 역력하다.

성당 뒤편으로 가니 강변에서 불어오는 맞바람이 더욱 세차다. 희미한 가로등 몇 개로는 어디가 강물이고 어디가 도로인지 구분하기도 힘든데 K는 "어쩔 수 읎자너. 기왕 온 거 사진이나 많이 찍으셔어." 일행의 원성을 이제야 느꼈는지 미안한 듯 한마디 한다. 문제는 얼어버린 손발이 아니라 작동 안 되는 카메라다. 극지방으로 가면 추위 때문에 카메라 배터리가 얼어 작동이 멈출 수 있다는 경고 문구를 본 적은 있지만 실제로 경험한 적은 없었다. 따뜻한 난로 옆에 둘러앉아 맥주 한잔 하자고 나선 길, 시리디시린 하바로프스크의 거리를 40여 분 걸어 도착한

이날은 무척 추웠다. 그리스도의 사랑도 얼어붙은
카메라를 녹이진 못했다. 하바로프스크 주립대성당.

성당에선 손톱만큼의 따스함은 고사하고 사진 한 장 찍지 못하고 돌아서야 하는 것이다.

"본부장님 돌아갈 때는 버스 타요, 우리." 누군가 간절하게 부탁하듯 제안을 했다.

"버스가 어디 있어어, 여기. 버스 안다녀여어."

"그럼 택시라도 부르죠?"

"택시를 누가 불러여. 택시도 못 부르지이."

"그럼 어떻게 호텔 가요?"

"어떡하긴 뭘 어떡하아. 걸어가야지. 자~ 인자 갑시다."

일행의 등짝을 떠밀며 본부장이 소리쳤다. 그날 밤 우리 일행은 그렇게 40여 분의 행군을 다시 시작했다.

호텔에 도착했을 때 일행들은 서로 눈빛을 주고받으며 의미심장한 의사를 교환했고 모두들 스카이라운지에 있는 일식집으로 향했다. "그립고 그리웠던 사케야. 너를 찾아 시베리아 벌판을 두 시간 동안이나 헤매었다는 말이냐." 너스레가 좋은 L 선생이 한마디를 거들자 서로 건배를 외치며 두 시간 동안의 고행은 금세 추억이 되는 것이다.

"시베리아의 추위를 견디면서 두 시간 동안 걸어본 한국 사람이 우리 말고 또 있을까요?" 내복을 안 입어 허벅지 실핏줄이 터졌다는 H 여사의 한마디에는 모두들 맞장구를 친다.

"자 오늘 우리에게 귀한 경험을 하게 해주신 본부장님께 감사하고 여기 술값은…… 본부장님이 쏘는 걸로 합시다." L 선생의 이 말에 일행은 박수를 치며 호텔 입구에서 은밀한 눈빛으로 작당했던 결과를 확인하려 하고 K 본부장은 작심한 듯 "그려어, 오늘 술값은 내가 쏠껴어" 한다.

러시아 물가가 가볍지 않다. 생선회 두 접시에 각종 튀김, 거기다가 끝도 없이 마신 사케와 보드카 그리고 노래방 2차까지. 그날의 술값이 얼마였는지 아직도 물어보지 못했다.

아무르 강변에 느즈막이 햇살이 떠오른다.
유리창의 성에도 곧 녹을 것이다.

모스크바 입성, 설레는 발걸음

· 모스크바 공항에서 성 바실리 성당까지 ·

모스크바엔 간간이 비가 내렸다. 약 8시간 반의 비행을 마치고 이제 착륙하려 한다는 안내방송이 나올 때쯤부터 빗방울이 떨어졌었다. 공항 상공의 기류가 불안정한지 비행기는 몹시 흔들렸다. 늘 그랬다. 어디를 가든 이륙 15분, 착륙 15분. 비행기를 탈 때마다 가장 긴장되는 시간이다. 어지간하면 적응될 법도 하지만 내 마음은 언제나 불안하다. 애써 태연한 척 눈을 감거나 좌석 앞에 있는 안내지를 훑기도 한다. 주위의 승객들을 둘러본다. 다들 평온한 표정이지만 속으론 엄청 불안할 거라고 생각한다. 내가 그러니까.

비행기가 먹구름을 뚫고 지표면에 가까워질 때부터 소식이 왔었다. 엄청난 하복부의 압박감. 금세라도 빠져나올 것 같은 배설의 욕망을 견디기 쉽지 않다. 승무원에게 사정도 해봤다. 비행기가 착륙해서 멈출 때까지는 화장실 사용은 고사하고 어떤 경우에도 승객이 움직일 수 없다는 대답뿐이다. 몇 번씩 위기의 순간이 올 때마다 창문에 들이치는 빗방울을 세었다. 한참을 헤아린 후에야 비행기가 멈춰 섰고 미안해하는 승무원의 웃음을 뒤로하고 화장실로 뛰어들었다.
내 모스크바의 첫 기억은 그렇게 배변의 고통을 참기 위해 헤아렸던 빗방울에서 시작됐다. 모스크바 시내로 들어오는 길은 꽤나 부산했다. 금요일 저녁이니 퇴근 시간과 겹쳤을까 싶었는데 이유를 들어보니 다차Dacha 때문이란다. 다차는 러시아인들의 주말농장이다. 대도시 전체 가구의 80퍼센트가 다차를 소유하고 있을 정도로 일반화되어 있다. 나에겐 무척 낯선 일이다. 시 외곽의 별장은 고사하고 아파트 평수 하나 늘려 사는 게 꿈인 도시의 사람에게 이 도시에 사는 사람들은 대부분이 누리고 있는 별장의 호사라니. 로마노프 왕조의 전성기를 구가했던 표트르 1세(1672~1725) 때라던가. 황제가 집 옆에 텃밭과 별장을 지었단다. 별장을 짓고 오가며 살아 보니 얼마나 좋았던지 황궁에 있는 귀족들에게도 명을 내려 각자의 별장을 짓도록 했는데 이 전통이 1891년 시베리아 횡단철도를 타고 내륙으로 스며들었고 1930년대 스탈린의 사회주의 체제에서는 아예 국가 정책으로 삼고 전 국민에게 약 180여 평 정도의 땅을 무상으로 쓸 수 있도록 했단다.
1991년 페레스트로이카 이후 러시아의 재정은 모라토리엄을 선언할 정도로 극심한 빈곤에 시달렸지만 그럼에도 버틸 수 있었던 자산은 다차였다는 분석도 있는 걸 보면 최소한의 자급자족할 수 있는 땅을 국가로부터 받은 이 나라 국민들이 살짝 부럽기도 하다.
'상위 1퍼센트가 전체 사유지의 51.5퍼센트를, 상위 5퍼센트가 82.7퍼센트를 소유하고 있으며 땅을 한 평이라도 가지고 있는 국민은 전체의

28.7퍼센트(1397만 명)'(2005년 7월 행자부 토지 소유현황)이라던 통계가 떠오르면 차창 밖으로 흐릿하게 보이는 모스크바의 풍경이 새로워진다. 허긴 사유재산이 철저하게 보장되는 나라에서 누가 얼마나 많은 자산을 가지고 있는가는 뉴스거리가 되면 곤란하니까, 괜한 위화감만 조성해 국민통합을 저해한다는 의견이 훨씬 더 많을 테니까 이런 통계를 접할 수 있다는 것만 해도 감사한 일일지도 모른다. 실제로 그 이후 지금까지 내가 아는 한 정부는 어떤 통계도 내놓은 적이 없다.

다차가 있어 러시아 경제 위기를 극복했다는 말이 사실일까. 어쨌든 부러운 일.

꽉 막힌 도로를 드문드문 헤쳐 가는 저 사람들은 텃밭의 채소를 씻고 고기를 굽고 맥주와 보드카를 곁들인 가족들과의 풍성한 저녁식사를 생각하며 즐거워하고 있겠지. 국가가 나에게 200평만 준다면, 아니 그거 말고 내가 사는 집값의 반의 반만이라도 준다면 나는 평생 국가에 충성할 텐데.

한국과 모스크바의 시차는 다섯 시간. 서울에 있었다면 자정을 훌쩍 넘긴 시간이지만 이곳은 초저녁이다. 거기다가 백야까지 있으니 해는 이곳 시간 11시쯤 되어야 진다. 시차와 백야를 합치니 거의 한나절 정도의 시간을 벌었다. 모스크바 시내로 들어오면서 어느새 빗방울은 잠잠해지고 거리는 저녁을 맞기 위한 준비로 술렁인다. 샤슬릭과 보르쉬 그리고 각종 과일에 흑빵이 준비된 늦은 저녁은 향기로웠다. 이 도시에서 맞이하는 첫 식사. 내장의 구석구석을 훑고 지나는 첫 잔의 전율을 보드카를 통해서 느낄 수 있다는 것도 빼놓을 수 없는 즐거움이다.

모스크바 거리에 가로등 불빛이 선명해질 때쯤 들른 곳이 있다. 성 바실리 성당. 어둑해진 하늘빛에 대비되는 성당의 야경은 적당히 취해 흥청거리는 모스크바 시민들의 발길과 어우러져 한껏 빛을 발한다. 재수생 시절 오락실에 처음 들러서 했던 게임은 벽돌 깨기. 어느 정도 수준이 되면 그다음이 테트리스 그리고 갤러그였다.

나는 동전을 넣으면 한 시간 정도는 게임을 할 만큼 테트리스의 고수였는데 그때 들었던 음악은 잊을 수 없다 "띠~띠 띠리리~리 릿~띠띠디 딧띳 띠리리리~릿." 그 음악에 맞춰 춤추는 피에로가 있고 그 뒤에 배경으로 바실리 성당이 나온다. 게임에 열중했을 당시에는 전혀 몰랐다. 게임의 개발자 알렉세이 파지노프도 러시아 사람이니 어쩌면 나는 오늘 이 성당 앞에 서기 위해 젊었던 날의 꽤 많은 시간을 테트리스 오락기 버튼을 두드리며 살았는지도 모른다고 생각한다.

스파시바
시베리아

문득 저 성당의 한 모퉁이에서 무릎 꿇고 기도하고 싶어졌다. 바실리 성당.

왜 하필 밤에야 바실리 성당에 들렀는지는 모르지만 아마 이유가 있다면 꼭 기억해야 할 한 장면이 있다는 암시 같은 것 아니었을까. 낮에 왔다면 꼭 밤에 다시 들러야 한다고 다짐했을지도 모를 만큼 성당의 야경은 아름다웠다. 그러나 대개 내 관심사란 건 간단하다. 이 나라 국민들의 생활수준을 떠올리거나 뭐 먹고 사는지 궁금해하거나 물건 값은 우리에 비해 얼마나 비싼가 따위를 묻는 정도이다. 이 성당 앞에서도 그랬다. "아름답다"라는 말은 입 밖으로 내지 못한 채 기차는 언제 타는가. 오늘 묵을 호텔은 여기서 먼가. 내일은 몇 시에 일어나야 하는가 같은 참 치사한 일상거리들을 묻고 떠들었다. 그러다 문득 성당 건물의 한 모퉁이쯤에서라도 무릎 꿇고 기도하고 싶어졌다. 기도가 깊어져 어깨를 들썩일 만큼의 눈물이 되면 옆 자리에 비스듬히 누워 있던 예수를 닮은 집시 한 사람 일어나 내 어깨를 살포시 감싸줄 것 같았다.

반공부장 어린이
크렘린에 가다

· 모스크바 크렘린 궁과 붉은광장 ·

북쪽에서 불어오는 바람은 차디찬 시베리아 한랭전선, 북쪽에서 들려주는 역사는 반란 반역의 역사. 북쪽에서 전하는 소식은 핵의 공포와 전쟁의 위협. 어느 것 하나 사람의 삶에 맞아 떨어지는 게 없으니 가볼 수도, 꿈꿀 수도 그리워할 수도 없는 불가촉천민들이나 사는 세상. 그런 곳이 있었다. 해방 후 50년, 그보다는 미소 냉전 50년 동안 우리는 그곳을 '철의 장막'이라 불렀다.

어릴 적 내가 자랐던 동네에서 나는 반공부장 학생이었다. 초등학교 4학년 때 학급회의가 구성되고부터 같은 동네 고등학교를 졸업할 때까지 내내 반공부장이었으니까. "삐라를 잘 주워 나라에 충성하자" 정도를 한 주의 실천사항으로 발표했고 또 열심히 주웠었다. 연중행사로 경찰서장이 내리는 상으로 학용품을 받았는데 따로 구입하지 않아도 될 만큼 넉넉했었다. 그렇게 삐라를 많이 주웠어도 거의 한 번도 제대로 들여다본 적은 없었다. 북에서 날아온 불온삐라를 자세히 보는 일도 금기사항이었으니까. 초등학교에 입학해서는 〈국민교육헌장〉을 외웠다. 그거 잘 못 외운다고 선생님께 손바닥도 맞았었다. 그전에는 월남전에 참가하고 돌아온 동네 형들의 무용담을 들었다. 그리고 그 형들이 가르쳐준 향토예비군의 노래를 부르며 총싸움 놀이를 했었다. 내가 자란 곳은 38선이 가로지르는 곳 경기도 포천이었다.

사상이랄 것까지도 없지만 태어날 때부터 남쪽 사람이었던 성장기의 반대편에는 북쪽이 있었다. 언제나 경멸과 비하의 대상이었다. 오죽하면 고지식하고 삐딱선을 잘 타는 친구를 가리켜 뜻도 모르고 "어이, 크레믈린" 하고 부를 정도였으니까.

그런데 지금 나는 냉전의 본거지, 철의 장막의 중심 크렘린Kremlin 궁 앞 광장에 서 있다. 그리고 왼편이 붉은광장이다. 시골 학교의 까까머리 고등학생 시절이라면 어디 꿈이나 한번 꿔봤을까 싶어 실없는 웃음이 절로 나온다. 모든 게 신기하다. 크렘린이란 말이 희랍어에서 유래된 '가파른 성곽, 바위'의 러시아어라는 것, 그래서 모스크바뿐 아니라 러시아 전역에 있다는 것도, '붉은'은 불온을 상징하는 색깔이 아니라 '아름다운'이라는 뜻의 형용사라는 것도, 이 광장을 깔깔거리며 활보하는 러시아 여인의 청춘도 생전 처음 도시 구경 나온 듯한 아저씨들의 어리둥절한 표정도. 더군다나 소비에트의 지도자들, 레닌, 스탈린, 흐루시초프, 고르바초프, 그리고 현재 푸틴의 집무실까지 이곳에 있으니 촌놈 출세해도 너무 출세한 거 아닌가 싶어 으쓱하기까지 하다.

궁의 입구인 보로츠카야 망루에는 이미 꽤 많은 사람들이 입장을 기다리고 있다. 어지간히 큰 가방은 다 입구에 맡겨야 하고 보관료도 따로

Nikon
2

받아 절차가 복잡하긴 하다. 나는 카메라 하나 달랑 들고 왔으니 걱정할 일이 없다. 과거 황제들의 대관식이 이루어진 우스펜스키 성당이 웅장하고 대천사 미카엘의 러시아 발음인 아르한겔스키 사원은 공사 중이다. 모스크바에서 가장 높은 탑인 이반 대제의 종루에는 무게가 70톤이나 되는 우스펜스키 종이 있고 주변에 21개의 크고 작은 종들이 러시아 제정 당시 황제의 대관식 때마다 시작을 알렸다. 이반 대제의 종루 앞에는 세계에서 가장 큰 '황제의 종'이 있는데 무게만 200톤. 높이가 6미터, 직경이 6.6미터다. 1733년부터 2년에 걸쳐 주조되었는데 중간에 불이 나서 깨지는 바람에 완성되지 못했다고 한다.(「러시아 건축 예술의 진수」, 허용선)

이외에도 미처 들러보지 못한 황제의 개인 예배를 위한 블라고베센스크 사원, 표트르 대제의 무기고 등 헤아리기 어려운 역사들이 있으니 과연 세계문화유산으로 자랑해도 손색이 없다. 박물관으로 쓰고 있는 12사도의 사원 앞에는 황제의 대포도 있었는데 길이 5.34미터에 둘레가 1.2미터 직경이 60센티미터, 무게만 40톤이란다. 대포 하나가 탱크 한 대의 무게와 맞먹는다. 언뜻 봐도 장식품 이외에는 쓸 수 없을 듯한데 실제로 저 대포가 발사되는 걸 본 사람은 없다. 맞은편에 대통령 궁이 있다.

페레스트로이카 이후 시장경제 체제에선 종이호랑이로 전락했지만 광대한 영토와 자원을 무기로 냉전시대 세계 양대 축이었던 구소련의 위용을 되찾으려는 푸틴의 야심이 고스란히 잠재되어 있는 곳이다. 그래서일까. 곳곳에 경비도 있었지만 사람들의 동선은 그쪽으로는 아예 눈길 줄 생각조차 없는 것처럼 움직였다. 나도 흘낏 눈길만 한 번 주고 돌아섰다. 러시아는 무서운 나라다. 지난날 스탈린의 무자비한 반대파 숙청이 묵인됐고 아시아 영토의 60퍼센트가 그들의 땅이었으며 약 190여

개의 소수민족이 있었음에도 러시아어 외의 다른 언어를 허용치 않았었다. 개혁개방 이후에도 여전히 사회주의적 전통이 남아 있고 그들의 땅도 여전히 광대하다. 자본주의로의 전화 과정에서 필연적으로 생기는 빈부격차로 인한 민중들의 분노는 그 원인을 서방세계의 압박으로 돌리고 그 압박의 유일한 해법은 '러시아 민족주의'라고 외칠 수 있는 나라다. 그들의 민족주의가 정점을 찍게 될 때면 이미 세계는 다시 냉전체제로 환원될 수 있다.

붉은광장의 문은 굳게 닫혀 있다. 대신 전승 50주년 기념으로 세운 2차 세계대전의 영웅 주코프 장군의 기마상이 자리를 지키고 있다. 정문을 지키는 근위병은 다소 초라해 보이는데 그 앞 도로에 깔린 동그란 문양 위로는 사람들이 동전 던지기 놀이를 하며 짧은 순간을 즐긴다. 왼편으로는 모스크바 굼 백화점 오른편으로는 크렘린 궁 성벽을 따라 레닌의 묘로 향하는 길이 있다. 생각보다 길이가 꽤 되어 산책하는 기분이 들기엔 그만이다. 중간에 커피 자판기라도 있으면 하나 빼어들고 벤치에 앉아 지나가는 행인을 구경하는 일도 좋겠다 싶다.
레닌의 묘도 굳게 닫혀 있다. 언제 개방할지 모른단다. 사실 나도 이곳은 굳이 갈 필요를 느끼지 못했다. 죽어서도 죽지 못한 사람. 살아 있을

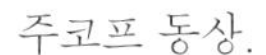
주코프 동상.

때의 혁명의 포효가 이데올로기라는 박제가 되어 있는 그의 묘소에서 나는 그에게 무슨 말을 건네야 할지 모른다. 1991년 페레스트로이카 이후 레닌을 매장하자는 의견이 있었다. 그때 러시아 공산당의 반대로 무산되었다고 하는데 내가 만일 표결에 참여했다면 당연히 매장하자는 쪽이었을 것이다. 그게 죽은 이의 영혼에 대한 예의라고 생각하니까. 그를 붙잡아 두는 것은 러시아 곳곳에 있는 그의 동상만으로도 충분하다.

'러시아 민족주의'. 생각하기도 싫은 그 단어가 떠올랐다. 붉은광장에서.

모스크바 레닌의 묘 입구. 그의 혁명정신은 그의 시신처럼 박제화 되어 있다.

혁명가 할아버지 동상의 따뜻한 눈빛

- 모스크바 국립대학의 레닌 동상 -

레닌의 동상을 처음 만난 건 블라디보스토크 역 앞이었다. 당연히 러시아에 첫 발을 디뎠을 때였다. 이후 횡단열차를 타고 바이칼로 향하는 중간에서도 드문드문 만난 적이 있었다. 시베리아 횡단열차와 몽골 횡단열차TMGR가 교차하는 브리야트 공화국의 수도 울란우데에서는 세계에서 제일 큰 레닌의 두상을 만났고 이르쿠츠크 레닌가 23번지에서는 이르쿠츠크파 고려 공산당의 탄생지를 품고 있는 레닌을 만났다. 가장 인상 깊었던 레닌은 하바로프스크와 비로비잔을 지나 도착한 벨로고르스크에서였다. 거기엔 역 광장이 아니라 역 안쪽에 동상이 있었는데 그곳의 레닌은 러시아 혁명 이후 자유시로 이름을 바꾼 스바보드니에서 가장 가까운 동상이었다. 스바보드니(자유라는 뜻을 지녀 자유시라고 부른다)는 내가 발표한 노래 중 과거사를 떠올릴 때마다 부르는 〈살아남은 자의 슬픔〉의 주인공 조선 청년 이우석이 자유시 참변의 현장을 증언했던 곳이다

"만주벌에서 풍찬노숙하던 조선 청년 이우석
서로군정서에서 북로군정서까지 병서를 다 옮기고
블라디보스토크에서 사들인 신식총
백두산 화룡현 청산리에 가져왔지.
삼 일 밤낮을 싸워 청사를 빛냈건만
마침내 부대원들 뿔뿔이 흩어져
노스케 한인부대 찾아갔지만
볼셰비즘에 물든 사람들과 다투다
시베리아에서 강제 노동했지.
눈보라 몰아치고 달님도 잠든 날 밤
시베리아 탈출한 그 사내 다시 만주벌을 누비는데
조국은 해방됐지.
그러나 상처뿐인 몸뚱이로 엿장수가 되었지.
의혈남아 기개와 순정뿐인 그 사내 포상심사에서 빠지더니
18년,
꼭 18년 만에 오만천 원씩 연금 받았지.
난곡 철거민촌 단칸 셋방에서 부인은 파출부로
여든일곱 그 사내
막노동판에서 노익장 자랑한다지.
공장에서 첫 월급 십이 만 원 받아온 외아들
만주벌에서 풍찬노숙하던 조선 청년의 기쁨이지.

조선 청년의 마지막 희망이지."

〈살아남은 자의 슬픔〉, 민병일 시, 이지상 곡, 노래

북로군정서 4중대 4소대 4분대장, 조선 독립군의 일원으로 자유시에 온 이우석(1896~1994)은 1921년 6월 28일 조선독립군들의 권력 암투에 의해 빚어진 가장 비극적인 사건인 자유시 참변으로 이곳에서 멀지 않은 우수문에서 강제 노동을 하게 된다. 역시 이곳과 가까운 블라고베시첸스크는 1920년 상해임정과 결별한 대한국민의회가 있었고 1945년 종전 이후엔 일본군에 징집되었던 조선인이 전쟁포로가 되어 강제 노동을 했던 곳이기도 하다.

벨로고르스크의 레닌.

벨로고르스크 역의 레닌 동상 앞에서 나는 자유시 참변 당시 적군과 아군으로 싸웠던 조선 독립군들의 이름을 떠올렸다. 자유대대의 오하묵, 최고려, 대한 독립군의 홍범도, 안무, 자유대대의 무장해제에 저항하다 큰 타격을 입은 사할린 의용대의 박일리아, 박그레고리, 그리고 참변으로 잃은 수많은 동지들을 그리워하다가 밀산에서 스스로 목숨을 버린 대한 독립군단의 서일.

동족의 가슴에 발사 명령을 내렸던 자유대대의 오하묵마저 1937년 스탈린의 폭정에 결국 희생당한 역사를 생각하면 이들 모두는 조선의 독립을 위해 숭고한 목숨을 바쳤던 울분의 청춘들 아니었던가. 러시아에서 내가 만난 레닌의 동상은 소비에트 건설을 위해 싸웠던 걸출한 혁명가의 형체 위에 그 땅에서 조국의 독립을 위해 몸 던진 조선의 혁명가가 투영되는 모습이었다. 동상이 응시하는 눈빛과 내민 손끝 너머에는 정의와 평등 그리고 평화가 살아 넘치는 새 세계가 있을 터였다. 나는 과거의 그들이 간절히 원했던 미래에서 왔으나 주위를 둘러보면 불의와 반목, 그리고 전쟁이 멈추지 않는 미래였다.

레닌의 동상과 그 안의 역사를 보면서 다시 미안해졌다. 하여 때로는 투정을 부리고 싶을 때도 있었다. 이젠 더 이상 눈 부릅뜨지 말고 땅속으로 돌아가시라고, 거기서 머무르다 당신의 양분에 뿌리 내린 작은 나무가 있다면 기꺼이 품어 꽃피우게 하시라고, 21세기의 역사는 죽이 되든 밥이 되든 우리가 살아보겠다고.

버스가 '참새 산'을 오른다. 참새들이 많아 그렇게 불렀다고 하는데 10월 혁명 이후에는 '레닌 산'으로 바뀌었다가 1991년부터 원래 이름을 되찾았다고 한다. 그 산에 모스크바 국립대학교가 있다. 생각했던 것보다 건물의 위용이 대단하다. 32층 240미터의 건물 앞으로는 너른 광장. 그 안에는 길게 놓인 분수대가 있고 옆으로는 침엽수로 그득한 숲이 광

세계에서 가장 큰 레닌 두상 울란우데.

장을 감싸고 있다. 광장 입구에는 1755년 이 대학을 창시한 과학자이자 문학가 로모노소프(1711~1765)의 동상이 있는데 그 자리에선 러시아의 심장 모스크바 시내가 한눈에 들어온다.

여긴 어디 저긴 어디 무슨 건물 등의 설명은 듣지만 1980년 올림픽 개막식이 열렸던 모스크바 국립 경기장 말고는 일일이 기억하기도 어렵다. 너무나도 쾌청한 날씨에 어울리게 시내를 바라보는 내 시야도 활짝

블라디보스토크의 레닌.

열려 있다. 스모그나 안개 하나 없이 깨끗한 도시 전경은 지평선을 내보일 정도로 선명하다. 시베리아 평원에서나 느낄 수 있는 내 시야의 한계를 도시 한복판에서도 경험하다니 신기하기까지 하다. 광장을 거슬러 대학본관으로 걸어가는 길에 레닌을 만났다. 그는 뒤편으로는 타이가 숲의 훈풍을 맞으며 위로는 대학본관 첨탑에 매달린 별빛을 받으며 서 있었다.

이르쿠츠크의 레닌.

모스크바 대학은 3만 1000명의 학생, 8000여 명의 교수진과 17개 단과 대학에 4개의 천문대와 700만 장서의 도서관, 3개의 박물관, 1개의 식물원으로 이뤄진 어마어마한 규모를 자랑한다. 학생들은 세 번만 지각해도, 무단결석을 한 번만 해도 제적을 당할 만큼 인재를 키워내고자 하는 교육의 열정이 대단하다.(『초원 실크로드를 가다』, 정수일, 창비, 2010.)

먹고 마시는 게 청춘이자 낭만이었던 내 대학 시절이 부끄러워질 만큼 여기엔 흔한 술집 하나 없다. 강원도 인제 내린천변의 정자에서 함께 술잔을 나누었던 수학자 P박사가 여길 나왔다. 진보적 사회학자로 협동조합 연구에 매진하고 있는 K교수도 이곳 출신이다. 그들이 오래전 술자리에서 모스크바 대학 시절 얘기를 할 때 좀 더 자세히 들어둘 걸 그랬다는 아쉬움이 그제서야 든다. 난 참 대단한 사람들과 인연을 맺고 있구나 싶은.

여기에서 만난 레닌은 과거형이 아니어서 좋았다. 자신이 꿈꾸었던 미래를 열어가는 숱한 젊은이들의 열정을 매일같이 바라보며 얼마나 흐뭇해할 것인가. 이곳에 있는 레닌 동상의 눈빛을 보면 타지역에서 느꼈던 미안함이 절로 사그라진다. 새날을 열기 위해 짐을 꾸리는 손자를 바라보는 할아버지의 부드러운 격려 같았기 때문이다. 마치 내가 모스크바 국립대학의 유학생이라도 돼서 할아버지의 격려를 받는 듯한 포근함을 그 눈빛이 주고 있었다.

모스크바 국립대학의 레닌 동상.

아쉬움은 가슴에 묻으면 그만. 아듀, 모스코

- 젊음의 거리 아르바트 -

젊은 것들은 아무데서나 거리낌 없이 입맞춤을 해댔다. 거리의 악사는 마치 십수 년 간 같은 곡만 연주한 듯 능숙하게 파가니니를 읊어대고 거리의 화가들은 행인을 모델로 앉혀두고 유심히 스케치 펜을 놀린다. 노동에 지친 것인지, 아니면 손님이 없어 무료한 것인지 어떤 화가는 좁은 의자에 길게 누워 휴식을 취하고 있다. 러시아 인형의 상징 '마트료시카'를 포함한 각종 기념품 가게도 많았고 무엇보다 배꼽티에 애인의 팔짱을 끼고 활보하는 모스크바 여인의 웃음이 넘쳐서 좋았다.
빅 밴드 스타일의 재즈 연주곡이 흘러나오는 카페 앞에서는 멜로디를 따라 흥얼거리다가 누군가 건넨 "맥주 한잔 합시다"라는 말에 솔깃해졌다. "아~ 세월 간다. 좋다." 이만한 시간이라면 내 삶의 몇 부분 정도는 포기해도 좋을 만큼 나도 느긋해진다. 이 거리의 이름은 몰랐다. 서울로 치자면 대학로의 예술과 인사동의 고풍, 홍대의 젊음이 한데 합쳐진 모스크바의 상징적 거리라고만 들었다. 이곳에서 트롬본과 베이스, 기타, 콩가와 멋진 보컬이 어우러지는 재즈 공연을 감상하는 게 가능하다니 연신 감탄하며 맥주를 들이켰고 불콰해진 얼굴로 그 거리를 즐겼다. 모스크바시의 법령에 의해 상점의 독주毒酒 판매가 금지되는 저녁 10시까지는 한 시간이나 남았다. 오후에 들렀던 트레치야코프 미술관에선 전시된 15만 점이나 되는 방대한 양의 그림도 대단했고 특히 한국에서는 감상하기 어려운 이콘화만을 모아놓은 전시관은 내 종교적 심성을 바닥부터 끓게 하는 경건함이 있었는데 한층 인상적이었던 것은 모스크바 강의 다리 위에서 신혼의 단꿈을 환하게 웃는 커플들의 웨딩 촬영 모습이었다.

시베리아를 다니며 곳곳에서 결혼식 뒤풀이 행렬을 만난 적은 많았다. 블라디, 우수리스크, 하바로프스크, 치타, 이르쿠츠크와 바이칼. 심지어 노보시비르스크 역 앞에서도 만난 적이 있는데 모스크바 강가 이곳은 오늘이 길일인가 아니면 이곳이 명소인가 싶게 다리 위에서 상당히 많은 커플들이 웨딩 촬영을 하고 있었다. 카메라 하나 들고 배회하는 여행객에게 그만 한 구경거리 찾기는 쉽지 않다 싶어 연신 카메라 셔터를 눌러댔었다. 그런데 일몰을 앞두고 있는 시간의 이 거리에서도 그때 만났던 몇몇의 커플들이 촬영을 하고 있는 게 아닌가.

"빠즈드라뺄라유~.(축하합니다)" 반가운 마음에 그나마 어렵게 외운 러시아어를 그들에게 건넸을 때 낯선 이방인을 신기해하듯 엄청 빠른 러시아말로 화답해주었다. 물론 하나도 알아듣지는 못했지만 함께 웃고 축하하며 엄지손가락을 치켜세우기에는 전혀 부족하지 않은 분위기.

파가니니의 명징한 선율이 거리를 흔들었다.

예술가의 자존이란 이런 게 아닐까.
번화한 거리에서도 쉬이 늘어질 수 있는 힘.

제3부 다시 걸을 수 있다면 잠시 쉬어도 좋아

블라디에서 모스크바까지

제3부

다시 걸을 수 있다면 잠시 쉬어도 좋아

몰도바에서 모스크바까지

누군가 그랬었다. 모스크바에 가면 김태희가 서빙하고 한가인이 물건 팔고 있다고. 실제로 그랬다. 가판에서 사소한 기념품을 파는 아가씨도 예뻤고 맥주를 가져다주는 아가씨도 예뻤다. 화사한 드레스를 갖추어 입은 신랑 신부도 멋졌지만 함께 어울리는 들러리들은 대부분 연예인 급 미모를 뽐냈다. 이 거리를 탐닉하는 모스크바의 젊은이들은 죄다 선남선녀들이다.

이 거리에도 어둠이 찾아들었다. 이제 기차역으로 가야 할 시간. 아쉬움을 뒤로하고 버스에 올랐을 때에야 내가 꼭 들러보고 싶은 거리 이름이 생각났다.
"아~ 모스크바까지 왔는데 아르바트 거리는 못 보고 가는구나."
혼잣말로 중얼거리는 소리를 가이드가 들었다.
"어? 여기가 아르바트 거리예요."
"네에? 정말요? 아이쿠, 진작 말씀을 해주시지."
"네? 아까 다 얘기했는데요. 그걸 못 들으셨구나."
"아~ 또 같은 짓을 했네. 아까도 그랬는데."
노보데비치 수도원에 갔을 때도 깜빡한 게 있었다. 안톤 체호프과 후르시초프, 보리스 옐친의 묘소도 들었다. 이름은 확인할 수 없지만 멋진 오선에 음표를 새겨 넣은 음악가의 묘비명을 보면서는 나도 저렇게 최후를 맞으면 어떨까 싶기도 했고 차이코프스키가 〈백조의 호수〉를 지을 때 영감을 떠올렸다는 고즈넉한 호수를 보면서 나도 여기서 곡을 쓰고 싶다고 생각하기도 했다.
그런데 백추 김규면. 그의 존재를 까맣게 잊고 있었던 게 아닌가. 침례교 목사로 조선인 교육에 앞장섰던 그다. 대한신민회 단장으로 봉오동 전투에서 혁혁한 전공을 세우고 항일 빨치산 조직인 혈맹단의 단장으로 창해 청년단의 단장으로 또는 대한의용군의 간부로 항일 독립운동의 역사에 선명한 이름을 올린 사람이다. 소련으로 망명한 이후에는 모스크바의 세베르나야 여관방에서 쥐꼬리만 한 연금으로 생활했고 1969년 2월 볼고그라드스키의 한 양로원에서 생을 마감했다. 이역만리 타국의 묘소에 쓸쓸히 잠들어 있는 그를 찾아 꽃 한 송이 바쳐야 한다는 게 애초의 계획이었는데 노보데비치 수도원을 떠나면서야 생각이 나서 얼마나 자책했는지 모른다. 그런데 이 거리에서도 똑같은 실수를 반복한 것이다.

고작 56년의 짧은 생을 살다간 음악가. 불꽃 같은 삶의 흔적을 남기고 간 당신을 닮을 수 있을까.

여기가 아르바트 거리라면 꼭 확인하고 싶은 이름이 있었다. 러시아 청년들의 우상 빅토르 최를 추모하는 골목은 못 갔어도 괜찮다. 그의 음악은 그가 의문의 교통사고를 당한 1990년 이후 한국에서도 많이 알려져 꽤 오랫동안 들은 적이 있다. 푸슈킨이 목숨 바쳐 사랑한 아내와 살았던 집도 넘어가도 좋다. 데카브리스트의 도시 이르쿠츠크에서도 그의 향취를 맡았었고 그의 시 몇 구절쯤은 외울 정도로 어린 시절부터 친숙한 이름이었으니까. 투덜 가요의 대명사 블라디미르 비쇼츠키의 흉상을 못 봐도 상관없다. 몇 해 전 하바로프스크의 한 백화점 음반 매장에 들렀을 때 한국의 어떤 여배우와도 견줄 수 없는 미모의 여성이 판매원이었는데 흘낏흘낏 훔쳐보는 것만으로 성이 안 차 가진 돈 탈탈 털어 비쇼츠키 전집을 산 적이 있었다. 그것만으로도 비쇼츠키에 대한 추억은 충분하다. 그러나 불라트 오쿠자바Bulat Okudzhava(1924~1997), 이 분의 흔적은 꼭 찾았어야 했다. 아르바트 거리 어디쯤에 그의 동상이 있다는 얘길 들었고 그의 주요 활동 무대 또한 이곳이라고 했었다. 그런데 바보같이 그 절호의 기회를 놓치다니.

오쿠자바의 노래는 수년 전 잔나 비체브스카야Zhanna Bichevskaya의 목소리를 통해 나에게로 왔다. 내 음악을 유심히 듣던 교사 P가 이런 음악 어떠냐고 보내준 시디를 통해서다. '오쿠자바의 시를 노래하다'란 타이틀이었는데 단지 클래식 기타 하나로 표현하는 그녀의 목소리와 단순해서 오히려 심오한 선율은 시의 내용을 전혀 알지 못해도 무슨 얘기를 하려는지 감을 잡을 수 있을 정도로 아름다웠다.

당시 국내에선 러시아의 식민지였던 체첸 병사의 슬픈 노래 〈백학Creanes〉(이오시프 코프존Losif Kobzone 노래)이 러시아의 대표곡이 되고 역시 식민지 백성의 애환을 담은 라트비아의 노래 〈마라가 준 내 인생Dava-ja Marina〉(아이아 쿠클레Aija Kukule 노래)이 〈백만 송이 장미〉로 번안되어 큰 반향을 일으키고 있던 시절이었다. 오쿠자바의 아버지는 그루지아 출신, 1937년 스탈린 치하에서 간첩 혐의로 사형당했다. 아르메니아 출신의 어머니 또한 간첩 혐의로 18년 동안 수용소 생활을 했다. 오쿠자바 자신도 1941년 2차세계대전에 참전해서 몇 차례 부상을 입었다.(『오쿠자바의 노래시』, 블라트 오쿠자바, 조주관 역, 지식을만드는지식, 2010.) 그럼에도 '우리는 왜 서로를 너라고 부르는지', '삶은 장난이 아니지' 같은 제목의 시 노래는 슬픈 가족사를 지닌 한 시인의 격정과 낙관, 이단의 역사를 헤쳐나간 지식인의 고뇌를 내게 고스란히 전해주었다. 1988년에 오쿠자바가 독일의 튜빙겐 대학에 공연을 갔을 때 한 학생이 물었다. "지금까지 당신의 마음에 드는 곡을 몇 개 쯤 만드셨나요?" 그의 대답은 "니예트. 아직 만들지 못 했습니다"였다. 사실 나는 그와는 반대 입장에 있다. 어쩌다 내 노래를 듣고 있으면 어떻게 이런 노래를 만들었을까 스스로 궁금해질 때도 있다.

"때로 예술가란 존재는 고집은 뱀 같은 동물처럼 다른 곳을 볼 줄 모르고 자신의 작품에는 베짱이처럼 관대하며 자존自尊을 지키기 위해선 외나무다리의 염소처럼 싸울 줄 알아야 한다."(『이지상, 사람을 노래하다』, 이지상, 삼인, 2010.)는, 내가 세운 일종의 암시를 충실히 따르고 있기 때문일 테지만 아르바트 거리에서 그를 만나면 이런 내 입장이 옳은 것인가에 대해서도 한 번쯤 묻고 싶었다. 그는 모스크바를 무척 사랑했다고 했다. 또한 전쟁을 경멸했다고도 했다. 나도 내 땅을 사랑한다. 나도 전쟁을 경멸한다. 가끔 나를 음유시인이라 부르는 이들이 있는데 그 용어가 늘 부끄러운 이유는 아직 오쿠자바와 같은 공력을 쌓아놓지 못한 까닭이다.

"저 멀리 아련했던
트럼펫 소리가 점점 커지고
한 밤의 매처럼
타는 입술로부터 언어들이 새어 나간다.
갑작스러운 소낙비처럼
곡조가 울려 퍼진다.
이때
사람들 사이로 사랑이 이끄는
희망의 작은 오케스트라가 떠돌아다닌다.

헤어짐의 세월, 혼돈의 세월
우리 등 위로 총알이 쏟아질 때
우리는 살아남을 거란 생각을 못했고
지휘관들은 목이 쉬었다.
이때
사랑이 이끄는 작은 오케스트라가
명령을 대신했다.
클라리넷은 구멍 났고 트럼펫은 느슨해졌다.
바순은 낡은 낫처럼 닳았고
드럼은 조각났다.
그러나 클라리넷 연주자는 사탄처럼 아름답다.
플루트 연주자는 젊은 왕자처럼 품위가 있다.
사랑이 이끄는 작은 오케스트라는
늘 사람들과 조화를 이루며 연주한다."

〈모스크바의 밤 노래〉, 블라트 오쿠자바

종착역인지 출발역인지 모른다. 중요하지 않다. 모스크바 야로슬라블 역.

어차피 지난 일이다. 오쿠자바를 못 만난 아쉬움을 뒤로하면 그가 남긴 모스크바의 밤 노래만 들린다. 시계가 자정으로 치닫는 시간. 모스크바에서 미처 확인하지 못한 사실들은 가슴에 묻으면 그만이다. 버스는 모스크바 야로슬라블 역으로 향한다. 이제 나는 저기서 심야 열차를 타고 삼일 낮 삼일 밤을 달려 시베리아의 심장으로 들어간다.
아듀, 모스코.

소중한 모든 이에게 드리는 헌사 "스파시바"

천상과 지옥을 오가는 기분이랄까. '고맙습니다'라는 아름다운 우리말이 왜 대륙으로 건너가면 욕이 되는지 말이다. 시에시에謝謝나 당케danke는 익숙하고 메시Merci 같은 불어라도 이해할 만하지만 스파시바라니. 하필 가장 많이 써야 하는 단어가 그저 욕같이만 들리니 고등학교 때 일본어를 배우면서 키득거렸던 조또마떼(잠시만요)와도 격이 다른 상스러움이 있는 것이다. 평소 세포 하나하나가 도덕으로 뭉친 사람이라 욕할 일 없다고 너스레를 떨었던 터여서 더욱 그랬는지도 모른다. 시베리아 여행을 꿈꾸며 러시아 회화 책을 들여다봤을 때 가장 먼저 즐거웠던 것은 '고마워요'를 '스파시바'로 발음해야 한다는 것이었다. 사실 욕을 하기는 하는데 뉴스 볼 때와 축구 볼 때뿐이다. 자연스레 입에 붙은 "저런 망할~" 정도의 욕이 나오는 것은 어쩔 수 없다. 일단 거기서부터 연습해보기로 했다. 몇 번은 욕처럼 하다가 말의 의미를 되새기고 툭툭 던지는 재미가 쏠쏠하더니 급기야는 욕의 대상도 점점 고마워지는 것이다. 뉴스를 보며 "저런 스파시바, 스파시바" 하는데 만약 내 옆에 러시아인이 있었다면 얼마나 의아해했을까를 생각하며 혼자서도 배꼽 잡은 적도 있다. 분노해야 할 대상들을 브라운관 앞에 놔두고 연신 "고마워요, 고마워요"를 외치고 있다니 아~ 드디어 대륙이 나를 해탈의 경지로 이끌었구나 싶었다.

본토 현지 발음은 우수리스크 시장에서 만두를 살 때 넉넉한 풍채의 아주머니가 처음 들려주었다. "쓰파씨~바." 내가 알았던 발음보다도 훨씬 센 억양이어서 잠시 주춤했지만 순간 느꼈던 카타르시스는 잊지 못할 것이다. 아마도 우리말로는 "캄~샤합니다"쯤 되는 듯했는데 내가 평생 내뱉지 못했던 상스러움을 시장 곳곳의 상인들이 대신해주는 것 같은 짜릿함에 나도 그들의 억양으로 대답했다. "쓰파 씨~바."

2010년 여름부터 해마다 시베리아로 떠났다. 블라디에서 하바로, 치타에서 이르쿠츠크로, 모스크바에서 노보시비르스크로, 옴스크에서 이르쿠츠크로. 다섯 번의 여정에는 북경에서 몽골로, 울란우데에서 바이칼로 가는 길도 포함되어 있었다. 비행기 타고 바다 건너서가 아니라 버스와 기차 타고 대륙의 국경을 넘는 경험은 처음이었고 그만큼 울림도 컸다. 그러나 이번 글에는 그 감흥을 다 싣지 못했다. 좀 더 대륙인으로 부유하며 걸어서 국경을 넘는 경험이 많아질 때쯤 다시 책을 써야 할 터이다. 나는 늘 남도의 작은 마을이 대륙으로 가는 출발점이어야 한다고 생각했다. 땅끝마을부터 경의선을 거쳐 만주로 가든지 초량에서 동해선을 타고 청진, 함흥을 거쳐 연해주로 가든지. 대륙은 우리 수천 년 역사의 증거였고 삶이었고 또한 현재이고 미래임을 부정할 이유가 없다. 그래서 철도를 통해 분단을 극복하고 대륙을 꿈꾸는 (사)희망래일은 소중하다. 나의 시베리아 여행을 지켜준 단체도 희망래일이다. 짧지 않은 시베리아 횡단열차에서의 시간 동안 나의 기타 반주에 목소리를 실어준 길 위의 친구들은 소중하다. 대륙을 품고 있으니 이미 이 땅은 대륙의 시작이다. 지역 언론의 중심으로 별 볼일 없는 우리네 소식을 별 볼일 있게 담아주는 협동조합 『은평시민신문』은 소중하다. 애초 이 글의 태동은 이 신문의 지면을 통해 시작되었다. 삼인출판사는 소중하다. 그저 꿈이나 꾸다 마는 음악가의 주절거림을 불평 같은 토씨 하나 달지 않고 출판해주었다. 그것도 두 번씩이나.(첫 번째 책 『이지상, 사람을 노래하다』도 삼인출판사에서 낸 것이다.) 이제는 너무 익숙해서 따로 설명이 필요 없는 소중함의 헌사를 이들에게 바친다.

"스파시바."

음악가 아내도 모자라 이젠 작가 아내까지 시키냐고 투정하면서도 원고를 써야 하는 날이면 나보다 더 긴장했던 사람. 아내 이혜란과 두 딸 새봄, 슬, 그리고 "없어도 다 사는 방법이 있단다." 가난이라는 가장 큰 재산을 선물로 주신 나의 하느님, 구순의 어머니 이희재 여사께도 사랑의 헌사를 드린다. 엄마 이거 욕하는거 아니예요.
"스파시바."
분단된 섬나라에서 대륙인으로 살기 위해 고군분투하고 있는 모든 분들에게 또한 이 책을 통해 함께 대륙을 꿈꾸게 될 미래의 독자님들께도 미리 크게 인사드린다.
"스파시~바."

옥인동 희망래일에서